碎琉璃

王鼎鈞

碎琉璃
一箇生命的橫切面
百萬靈魂的取樣
獻給　先母在天之靈
以及同樣具有愛心的人

【代序】

當時，我是這樣想的

琉璃是佛教神話裡的一種寶石，它當然是不碎的。

人不可能擁有真正的琉璃，於是設法用礦石燒製，於是有晶瑩輝煌的琉璃瓦。

琉璃瓦離「琉璃」很遠，「琉璃燈」離琉璃更遠，裝在琉璃燈上的罩子原是幾片有色玻璃。

至於「琉璃河」，日夜流去的都是尋常淡水，那就離「琉璃」更遠了。

生活，我本來以為是琉璃，其實是琉璃瓦。

生活，我本來以為是琉璃瓦，其實是玻璃。

生活，我本來以為是玻璃，其實是一河閃爍的波光。

生活，我終於發覺它是琉璃，是碎了的琉璃。

*

「一切作品都是作家的自傳」？

是的，如果把「自傳」一詞的意義向遠處引申。

我那位長於創作童話故事的朋友說，他正在描述他家的一隻雞怎樣變成一位天使。為什麼要寫這樣一個故事？他說，他年少時曾經親手殺死一隻雞，深深感到死的恐怖和殺生的殘忍。這種感覺一直壓迫他。他需要來一次「超渡」。

作品的題材來自作者的生活經驗，作品的主旨來自作者的思想觀念，作品的風格來自作者的氣質修養。所謂「一切作品都是作家的自傳」，大致如此。

在福爾摩斯眼中，一個人的菸斗呢帽都是他的傳記。

在相士眼中，一個人的皺紋可以是那個人的傳記。

*

當我以寫作為贍家的手藝時，我相信形式可以決定內容，也就是說，為了寫一齣戲，必須使內容恰好填滿戲劇結構。

當我為自己而寫作時，我相信「內容決定形式」。生活，有時候恰是小說，我就寫成一篇小說，如果存心寫成散文，就得從其中抽掉一些。生活，有時候恰是散文，我就寫成一篇散文，如果存心寫成小說，就得另外增添一些。

生活，尤其是現代生活，必須依循種種程式、框架、條款、步驟，絕不能違抗，甚至不能遲疑。例如開車，好像是自己當家作主，其實在左轉彎的時候你的方向盤必須往左打，必須照規定換檔減速變換燈光，否則，當心！

我們在整天、整週、整月做「現代社會」這個大機器的一部分之後，何必再做戲劇結構的一部分呢，何必再做小說形式的一部分呢。

在寫《碎琉璃》的時候我是這麼想的。

＊

生活是飲酒，創作是藝術的微醒。

閱讀是飲酒。當讀者醉時，創作者已經醒了。

當讀者醒時，作品就死了。

＊

據說，如果人造速度能超過光速，人可以追上歷史。

如果我們坐在超光速的太空船裡，我們可以看見盧溝橋的硝煙，甲午之戰的沉船，看見馮子才在諒山一馬當先。

在超光速的旅程中將設有若干觀察站，讓我們停下來看赤壁之戰，看明皇夜宴，看宋祖寢宮的斧聲燭影。

歷歷呈現，滔滔流逝，無沾無礙，似悲似喜。啊，但願我能寫出這樣的作品來！當我寫《碎琉璃》時，我是這樣想的。

＊

那年，海邊看山。海可以很大，很大，大到「乾坤日夜浮」，也可以很小，小到只是一座山的浴盆。

早晨，那山出浴，帶著淋漓的熱氣，坐在浴盆旁小憩，彷彿小坐片刻之後要起披衣他去。

我看見它深呼吸。我想它心裡有許多祕密，可惜不能剖開。即使剖開也無用，真正的祕密不是把肉身斬成八塊能找出來的。

我尋找它的額。不知它在想什麼。誰能發明一種儀器，把一種能投射過去，把一種波折射回來，變成點線符號，誰能解讀這符號，醫治人的庸俗。

那時候，我是這樣想的。

*

《碎琉璃》出版後，讀友陳啟新先生寫了如下幾句話給我：

琉璃淚
吳剛枉伐月中桂
琉璃墜
一天彗星陳摶睡
琉璃碎
傷心只是琉璃脆

看來他仔細讀過我的這本小書，我的含意他似乎懂，似乎沒懂。
我仔細讀他寄來的詩句，他的意思我似乎不懂，又似乎懂得。
讀者和作者的最佳關係，也許就在這似懂非懂之際、別有會心之時。

一九八九年三月補記

目錄

【楔子】
所謂我

我喜歡聽別人講述我童年時期的故事，猶如喜歡有人替我照相。

我要找尋我自己。

這天，我遇見一個人，他對我從前怎樣用自己的小便和泥捏製大公雞一類的事非常熟悉，所以，他一開口，我全神貫注。他說——

我小時候喜歡種花，只喜歡一種特別嬌豔的玫瑰，花瓣大得像巴掌，在微風裡張張合合比旁邊的蝴蝶還誘人。這種花極難侍候，她含苞的那幾天，如果暴雨傾在她頭上，她絕不開花；如果狂風粗暴的搖撼她，她絕不開花；如果蜜蜂太多，她絕不開花；如果一隻蜜蜂沒有，她也不開花。還有，你不能讓蟲子咬她，只要一片花瓣上出現破洞，所有的花瓣都放棄成長。

這種花教人好不操心，人人都說寧願多養一個孩子，也不種這樣的玫瑰。可是我喜歡種，我為她憂晴憂雨，搬一張凳子整夜坐在她旁邊驅蟲，哭著要爸爸為她造一間玻璃棚，晴天把棚頂揭開，陰天蓋好。

有一天，空襲警報響起來了，那是盧溝橋事變發生後第二百零一天，家鄉人一面渲染遠方城鎮被炸的災情，一面天天計算敵人的飛機什麼時候來，算到這一天，果然來了。全城的人瘋狂的往野外逃，只有我，坐在小凳上，憂愁的望著那玫瑰。一架雙翼的偵察機在頭頂上盤旋，螺旋槳轉動的聲音粗厲的咒詛這個小城，整個小城暫時死去，可是那玫瑰活著，在那懾人心魂的噪音刺激之下，它的花蕾迅速膨脹了一倍。飛機轉一個彎，突然降低，地面上捲起一陣風，一時間天昏地動，好像世界末日已至，可是那花，卻在偵察機巨大的陰影掠過時一口氣怒放盛開。這一切，我看得清清楚楚。

我當時十分驚慌，連空襲的恐怖也忘記了。不過，這並非完全由於驚慌，我同時感到興奮欣喜。我本來就喜歡這花，現在花瓣像海浪一樣湧起，的確是人間難得的奇景。我呆呆的坐在那裡，竟不知警報解除，也沒看見由野外歸來的家人。母親見我失魂落魄的樣子，斷定我受了過度的驚嚇，請牧師來為我祈禱。我向牧師絮絮陳述那花怎樣在半分鐘間做完了兩星期要做的事，聲音興奮得發抖。牧師注視我的眼睛，低沉而緩慢的說：「信主的人不說謊，說謊的人是魔鬼的朋友。」

我這個小小的花壇本來在地方上有點虛名，現在，我成了新聞人物，親戚和鄰居都來看我的花，議論我的話是否可信。每一個人都說：「那是不可能的，這孩子說謊。」

這人以非常權威的口吻敘述著，然後，好奇心像脫網的魚衝出來：「告訴我，你到底有沒有說謊？你真的看見那花在幾秒鐘內全開？」

我非常失望，快快的說：

「你說的這件事，跟我毫無關係。你根本不知道我是誰。你在說另外一個人。」

瞳孔裡的古城

我並沒有失去我的故鄉。當年離家時，我把那塊根生土長的地方藏在瞳孔裡，走到天涯，帶到天涯。只要一寸土，只要找到一寸乾淨土，我就可以把故鄉擺在上面，仔細看，看每一道摺皺，每一個孔竅，看上面的鏽痕和光澤。

故鄉是一座小城，建築在一片平原沃野間隆起的高地上。我看見水面露出的龜背，會想起它；我看見博物館裡陳列在天鵝絨上的皇冠，會想起它，想起那樣寬厚、那樣方整的城牆。祖先們從地上掘起黃土，用心堆砌，他們一定用了建築河堤的方法。城牆比河堤更高，把八百戶人家嚴密的裹藏在裡面；從外面仰望，看不見一角樓垛，看不見一根樹梢，只看見一個長方形的盒子，在陽光下金色燦爛。牛車用鑲鐵的輪子壓出筆直的轍痕，由城門延伸，延伸到遠方。後面的車輛從前面留下的轍痕上輾過，一輛又一輛，愈壓愈重，轍痕愈明亮，經過千錘百鍊，閃著鋼鐵般的冷光。雨後在水銀燈下泛光的鐵軌，常使我聯想到那景象。

對這個矩形的圖案，我是多麼熟悉啊！春天，學校辦理遠足，從一片翻滾的麥浪上看它的南面，把它想像成一艘巨艦。夏天，從外婆家回來，繞過一座屏風似的小山看它的東面，它像一座世外桃源。秋天，我到西村去借書，穿過蕭蕭的桃林、柳林，回頭看它，像讀一首詩。冬天，雪滿城頭，城內各處炊煙裊裊，這古老的城鎮，多麼像一個在廢墟中剛剛甦醒的靈魂。

這就是我的故鄉。

故鄉是一個人童年的搖籃，壯年的撲滿，晚年的古玩。……

據說，我的祖先，從很遠的地方遷移來此。

據說，祖先們本來住在低窪近水的地方，那很遠的地方盛產又甜又大的桃子，種桃是每個家庭的副業。桃園在結成果實以前，滿樹滿林都是美麗的花，而有桃林的地方總離不開綠波碧草。那是圖畫一般的世界。

那究竟是什麼地方？誰也說不出來。傳說總是像神龍怪獸，從雲裡霧裡伸出頭來，教人難以相信。但是，這是唯一的說法，你又不得不信。

據說，這個豐足安樂的家族，差一點兒全體滅頂。那時，他們家家正在桃林裡摘桃子，人人仰臉向樹，在明亮的天光下，溫柔的春風裡，人面和成熟的桃子一樣紅潤。又是一季好收成，多少幸福多少夢。

不知怎麼，他們的鞋子濕了。

不知怎麼，有些人的腳踝浸在水裡了。這些人停止了摘桃時常唱的民歌，登上樹枝，研究從哪兒來的水。

來歷不明的水，陰險的流著，一寸一寸侵占過來。樹林裡的人聽見一片翅膀撲擊的聲音，一片帶著驚恐的雞聲，知道家中也浸了水，想趕快回家看看。可是水的來勢那麼快，一隻黃狗從村中竄出來，游入桃林，望著樹上的主人狂吠。樹上的人這才看見，水面上漂漂蕩蕩的，都是浮著的桃子。

這一場突如其來的災變，弄得大家喪失了思考的能力。有一個人，大概是祖先裡面最果敢的人物吧，他高喊一聲「快逃命啊！」跳下樹來，衝出桃林，向林外乾燥的地方奔去。那隻黃狗緊跟在他後面；到了林外，又竄到他的前面。

其他的人，不知道是從催眠中醒過來，還是本來清醒現在被催眠了，一齊奔出林外。那狗跑在前面，不時回過頭來看他們，他們就緊緊跟著那狗。

這些人展開了一陣絕望的奔逃，那是他們自已難以想像、後世子孫也難以想像的飛奔，他們向前一步，水在後面跟上一步，水流緩緩上漲，像吐信的蛇舐他們的腳跟。天聾地啞，只有那隻黃狗不時回頭看他們，等待他們。

也不知逃了多久，黃狗停下來了，疲乏不堪的人們東倒西歪坐在地上，張著口喘氣。可是他們「啊」了一聲，又跳起來，他們回頭看見自己經過的地方濁流滾滾，無涯無際，他們的桃子，他們的桌椅，他們的牛羊，他們的屋頂，不斷從眼底流過去。有些人放聲大哭。

可是人人感激那隻黃狗，如果沒有這隻狗幫忙，他們慌不擇路，多半要受桃林外複雜地形的困制，躲不過這場劫難。天不絕人，人也不要自絕。想到這裡，人人又抖擻精神，把舊家園拋在腦後，邁開沉重的腳步，踢起一片黃塵。

從那時起，這個家族不殺狗，不吃狗肉，不鋪狗皮。

在那座小城裡面，靠近南牆的一隅，有我的第一母校，一所完全小學。校址本是一座大廟，由族人中的維新之士出面拆毀，改建教室。當我入學之初，廟宇還剩下一座大殿，殿裡端坐著一尊戴紗帽穿素袍的偶像，滿臉和善滿足的表情。那時候，倘若學生犯了過失，老師就命令犯過的人向神像行一鞠躬禮，以示「薄懲」。後來，這最後一座偶像也拆除了，……我還記得它被人們拉下寶座，倒在地上，它的紗帽破碎，胸膛裂開，但是臉上的表情依然很和善，很滿足。……不久，大殿改為禮堂，紀念週和畢業典禮都在裡面舉行。

一年一度的畢業典禮是地方上的大事，老族長親自來看新生的一代，銀髮飄攞，滿座肅然。典禮完畢以後，有一個固定的節目是老族長帶著畢業生由東走到西，由南走到北，在每個有故事的地方停下來，述說先人的嘉言懿行。「天降洪水」的傳說，就是從他老人家那裡聽來的。

我小學畢業的那一年，老族長已經相當衰老，在左右有人攙扶之下，步履艱難。典禮進行中，他瞇著昏暗的眼睛看我們，看得好仔細、好費力。典禮後，校長勸他回家休息，他堅持那一年一度的「畢業旅行」，他說，他要讓這些即將長大成人並且可能離鄉背井的孩子，對自己的「根」有清楚深刻的記憶。他一息尚存，必定親臨。他叮嚀校長：即使他一病不起，這個節目仍然要由活著的人年年舉行，不可簡免。

校長只好派人去找一頂轎子。那時候，除了新娘以外，已經沒有人坐轎子了，不過，坐過轎子的人還存有淘汰下來的舊轎。我記得，校長找到一頂灰色的轎子，由四個人抬著走，比新娘乘坐的花轎要小巧一些。我們跟在轎子後面出發，望著起伏跳動的轎頂蜿蜒而行。

坦白的說，我們那時都沒有多少歷史感，我們愛東張西望，愛交頭接耳，愛擰別人的耳朵，愛走出隊伍去無緣無故猛敲人家的大門。老族長的聲音喑啞微弱，他的精神已經不能貫注我們全體，所以我們是散漫的，不經心的。老族長說些什麼，我大半沒有聽，不過有一件事我永遠不忘記，他帶我們去看祖先挖成的第一口井。

好久好久以前，祖先們以劫後餘身，漂流曠野，尋找一塊合適的地方安身立命，也不知走了多少年、多少里，也不知流了多少汗、多少淚，終於來到這塊高地。

族人裡面一個心思細密的人說：「這裡地勢高爽，永遠不會鬧水災，我們就在這裡安家吧！」

遠看這個小小的丘陵，的確像是萬年不壞的座基。登上丘陵四望，一片金色沃土，不啻天賜的糧倉。丘陵並不太高，而且頂端平坦，天造地設是個蓋房子生兒養女的地方。大家都很滿意。

「我們先挖一口井，看看能不能挖出水來，如果有水，那就是天意。」

破土之前，他們焚香叩拜，有一個簡單的宗教儀式。破土之後，大家看著井口一寸一寸深下去，看著土從井裡面一團一團提上來，漸漸的，提上來的土變了顏色，漸漸的，提上來的土有了水分。

開井的人全身濕淋淋的爬出井口，大叫：「有水！水很甜！」

四周有幾百人同時誦念：

阿彌陀佛！

井水上升，水中出現了一組又一組人影。從那時起，一代又一代的影子輪流倒映在井水裡。但是，我們來時，井水已涸，只有井旁一棵老槐樹依然枝葉繁茂，亭亭如蓋。那天天氣炎熱，我們都往樹蔭裡擠，都站在井旁，看清楚了荒草間有一個黑黝黝的破洞。

我也看清楚老族長一臉的虔誠。古井雖涸，祖宗英靈不昧，當初憔悴襤褸的先人如今已繁衍成衣冠楚楚的大族，荒涼的土丘經營成堅固安全的城堡。站在寬可馳馬的城牆上內望，望不盡鱗次櫛比的瓦脊椽簷，望不盡結滿知了麻雀的槐柳，數不清那裊裊炊煙和傲然的貞節牌坊。那飄著國旗、飄著歌聲的地方，是我們的學校，年年有人在這兒長大，年年有人從這兒跟著族長繞行全鎮，認識自己的歷史，走在街心，吸兩旁門窗散發出來的氣味。

烤紅薯的香味；

醃肉的香味；

醬菜的香味；

陳年老酒的香味。

倘若輪盤就此停住，我們贏定了。可是輪盤要命的轉著，轉出一個久久不雨的夏季來。這時，我在故鄉三千里外，道路多壘，親朋無字，旱災的消息是得自零碎模糊的傳聞。我聽說整個夏季，故鄉的天氣異常晴朗，晴朗得可以敲出聲音來。我聽說池塘乾涸了，青蛙跳出來，成群成堆死在街上，整條街都是牠們屍體的臭味。我聽說老鼠走出洞外找水，寧願被人打死。我聽見了許多可怕的事情。

我聽說所有的井都乾了，家家到西郊的小河裡挑水。在這要命的時刻，土匪蜂擁而至，他們一直覬覦這個易守難攻的城鎮，現在有了一試的機會。他們圍城，切斷水源，逼得族人皮膚紅腫裂開，逼得族人不洗臉不洗澡不舉重不疾走小心避免出汗，逼得男人貯存小便，逼得母親無法用奶水制止嬰兒啼哭，卻去吮吸嬰兒臉上的眼淚。逼得族人瘋狂的挖井，挖出來的只是飛塵。逼得族人殺牛殺羊喝牠們的血。當初祖先們驚魂甫定，滿腦子都是水災的恐怖，沒料到後世子孫受這般無情的煎熬。每夜每夜，土匪環城堆積大柴，生起熊熊之火，幾十堆野火整夜不熄，像一道一道催命的令牌壓迫守城的人，比無情更無情。

他們自分必死。半數戰死半數渴死。他們並未期望奇蹟。他們中間有一個人，經過祖先留下的那口廢井旁邊，又看見那棵槐樹。古槐已經枯死，那時，城牆裡面所有的樹都成枯枝。

這人大概是族人中間視力最好的一個，他看出老槐似乎又帶幾分綠意。他用指甲去挖樹幹，挖掉表皮，裡面滑溜溜，黏答答，藏著生命的訊息。怎麼？老槐樹又活了？怎麼可能？他在井旁沉思。驕陽之下，汗出如漿，也忘了擦拭。他想出一個道理來。他大叫一聲，飛馳而去，完全不顧他要損失多少水分。

他也必定是口才最好的一個人吧？可惜我不知道他的名字，他說服了那些奄奄一息的壯男來淘這口涸井。他相信井下有水。大家忍死工作，恨恨的說，倘若徒勞無功，他們要殺死提議淘井的人。那提議淘井的人鎮靜的堅定的等待結果。他大概最鎮靜最有自信心。

這口古井是一個奇蹟，它果然冒出水來。復活的泉，大自然的祕密精力，救活了老槐樹，救活全城全族。忽然看見水，人們多麼迷惑，多麼瘋狂，多麼滿足！婦女們把水桶裝滿，手浸在裡面，臉浸在裡面，把嬰兒浸在裡面，先是嘻嘻的笑，後來嗚嗚的哭。

據說，守城的人提了幾桶清水從城上倒下去，土匪就退了。城裡有足夠的子彈，足夠的射手和糧食，現在又有了足夠的水，土匪還有什麼指望？我想，這次大旱，一定給故鄉留下許多烙痕，等著我去憑弔、撫摸。可是我不能，我在三千里外，只能捕捉一些道路傳聞。

故鄉，對於我，又進入傳說的時代！

迷眼流金

我家住在古城的西隅。出門西行，走完半條街，越過一片菜圃，就是古城的西牆。這可能是先人的一大錯誤，就我而論，根本不該住在城西。

你不知道傍晚在城頭散步有多麼愉快。站在城牆上和縮在灰沉沉的四合房裡完全是兩個世界、兩種經驗。天高地闊，風暖衣輕，放眼看麥浪搖蕩，長長的地平上桃柳密如米點，是故鄉的一大勝景。倘若天氣好，西天出現了落日晚霞，非等到那鮮麗的天幕褪盡顏色，你不忍離開。你會把那一片繽紛一片迷茫帶進夢裡，再細細玩索一次。

唉，你不知道，一旦登城西望，你會看見何等遼闊何等遙遠的田野。你會有置身大海孤舟中的哀愁。你需要一點興奮或一點麻醉，落日彩霞就是免費的醇酒和合法的迷幻藥。晚年的太陽遠到它最圓熟的境界，給滿天滿地你我滿身披上神奇。它輕輕躺在寬大平坦的眠床上，微微顫動。如果眠床再鋪一層厚厚的雲絮，它就在雲裡絮裡化成琥珀的流汁，不肯定型，不肯凝固，安然隱沒。一天結束了，而結束如此之美，死亡如此之美，毀滅如此之美，美得你想死，想毀滅。那時，我從暮靄中走下城牆，覺得自己儼然死過一次。

從前，我們遠祖居住在另一個遙遠的地方，那裡以產桃聞名。為了表示追念，族人特地在古城西郊種植一片桃林。西郊有一條小河，桃林在河岸兩旁展開，遠遠望去，好像貼在天幕上的一條花邊。每年春到，我在單調沉悶的四合房裡捉到迷路的蝴蝶，就知道桃花開了。

千百棵桃樹同時開花是絕對無法隱藏的事情！人站在城牆上，正好眺望一片紅雲。盛開的桃花受到夕陽返照，十里外看得見通天紅氣。世界是如此詭異、虛幻，令人心神恍惚，意志渙散。難怪到了花季，做父母的宣布桃林是孩子們的禁地，千叮萬囑，不許入林玩耍。誰要是反抗家長的告誡，擅自走進這個變色變形的世界，十個少女有九個回家發燒，十個少男有八個迷路。迷了路的孩子坐在河邊痛哭，等父親來救，他的父親帶著獵狗，敲著銅鑼，入林叫喊尋找，叫聲鑼聲震得花瓣紛紛下墜。

我開始接觸新的文學作品，從小說和新詩裡面去找苦悶啊、徬徨啊、絕望啊，蒼白得厲害。這些作品使我回味在落日殘照裡嘗到的毀滅之美。使我通體酥軟，不能直立，數著自己滴血的聲音讀秒。殘照迴光強化了這些作品的效果，使我渴望那些作品所描寫的乃是我的生活。我還沒有戀愛，先已覺得失戀。還沒有經商，先已想像破產。還沒有病，先已自以為沉痌難起。幸福似乎是庸俗的，受苦才有詩意和哲理。活著是卑微的，一旦死亡，就會使許多人震驚、流淚，舉出美德來做榜樣表率，或者誇張死者未來的成就，痛惜天忌英才。

我是沉溺在細膩的流沙裡，無以自拔了。我實在受不了夕陽下桃林的誘惑，尤其是紅花掩映下的那一條河。城牆外緣是大約二十度的斜坡，生滿堅硬的細草，可以當作天然的滑梯。我四顧無人，悄悄滑下去，沿著田間阡陌走。這是我最大的祕密，不能讓任何人看見。夕陽的光線從桃林頂上平射過來，刺得我眼花撩亂。忐忑的心更亂，硬著頭皮一溜煙鑽進桃林，鑽進一條紅彤彤熱烘烘的甬道。四顧果然無人，可是總疑心有什麼人躲在桃樹後面偷看。啊，那條河！我永遠不會忘記那條河，水波微動，靜寂無聲，花在水裡，霞在水裡，分不出哪是花、哪是水、哪是霞。紅得像火，濃得像酒，軟得像蜜。一躍而入是何等舒適，何等刺激！肉身在火裡熔解，靈魂向霞處飛昇，大地乾乾淨淨。

我想死。

我真的想死。

死了，我就是河的神，花的精魂，霞的主人。我就通體透明，仰臥在河床上的錦緞裡，浮在這一片銷骨的氤氳中，消失，消失，永遠消失，無影無蹤，不留一片渣滓。水裡鋪著一層霞，霞裡鋪著一層花，霞和花的岩漿塗在水的背面，水就像鏡子一樣，清晰的映出我的面容。我對自己的影子說，你要撲下去，撲下去，撲進溫柔而有彈性的流體，永遠休眠。

想著想著，心神幾乎粉碎，突然，水中的影像之旁，浮出一張嚴厲而凶惡的臉，瞪著充血的圓眼，來責備我的荒謬。我大吃一驚，跌坐河邊，平息劇烈的心跳。本能的回頭一看，一頭牛站在旁邊。原來是一頭牛，水中倒映著牛臉。河水的顏色那樣濃烈，擰曲了牛的形像。我是驚恐的，牠也是。牠懇切的望著我，有期待，有依戀。可是我總覺得牠的表情裡有許多責難，使我摸著胸口，望河，望一條血河。

記得有一次，我端著半盆清水，承受一滴一滴的鼻血，血珠兒在水中像傘張開，像一朵一朵桃花，像一片一片晚霞。終於，滿盆水都渾然一色。盆裡的水愈紅，母親的臉色愈蒼白。母親發現一切止血的辦法全然無效，忍不住放聲大哭，我聽見母親的哭聲，心頭一懍，鼻孔滴血竟停止了。可是母親的哭聲並不停止。俯身向河，滿河是血，是我流出來的鼻血，旁邊有母親的哭聲，哭我生命的萎謝，她的淚是另一種血。可惜啊，血變成汙水。母親啊母親，你為什麼那樣蒼白，難道失血的是你。不錯，是她，我的血管通她的血管，我的皮膚有了傷口，她的鮮血先我而涔涔，除非她的血乾涸，不許輪到我。母親啊母親，你用流血保護我，我必須止血保護你。

我輕輕的撫摸那牛，牛也輕輕抖動肌肉迎接我的手掌。晚霞餘燼將盡，桃林裡泛起一層灰白，牛的面容隨著變了，恢復本來的善良溫順。

牠非常安靜的望著前方。

我騎上牛背，緩緩出林。

抗戰發生了，一個黑臉漢子從戰地逃出來，做我們的國文教師。他的聲音宏亮堅定，平素卻沉默寡言。有一天，他問：

「聽說你會做詩？」

我說，是的。

「把你的作品，寫一首來看看。」

我說，好的。

我呈上一首：

——青青小草隨坡低，
點點春雲與樹齊，
獨立山頭思妙理，
溜圓紅日滾天西。——

他看了，沉吟了一下，對我說：

「詩裡面有衰敗的意味，不好。應該改掉幾個字，寫成另外一個樣子。」

說著，他提筆就改：

——青青小草隨坡生，
點點春雲與樹平，
獨立山頭思妙理，
溜圓紅日起天東。——

在他來說，改動了幾個字，用新生的興旺氣象抹去了衰敗，大功告成。可是，在我來說，紙上的旭輝依然是我心中的殘霞，因為我住在城西，不在城東。我看見的是夕陽黃昏，不是雲霞海曙。有些東西已深入我的骨髓肌理，使我的人格起了變化。字面上的塗塗改改無濟於事。唉，這是我住在城西釀成的苦酒。

苦酒換一個名稱還是苦酒。

我發現我的國文老師也是個喜歡苦酒的人，他也常常到西面的城頭散步。他從城南繞到城西，不辭遙遠，必定是愛上晚霞，晚霞在他眼裡冒著火星。他一步一步很沉重，肩膀左右傾斜才提得起腳步來。走著走著，好像為抵抗空氣凝結而掙扎。

終於，他用歌聲衝破沉默：

「流浪到何年何月，逃亡到何處何方，

「我們無處流浪，也無處逃亡！……」

我跟著他一起唱：

「那裡有我們的家鄉，

「那裡有我們的爹娘，……」

唱著唱著，他哭了，掏出手帕來，唱一句，擦一下。我也哭了，沒有掏手帕，我的眼淚太少，捨不得擦掉。哭泣好美好美，流亡好美好美。我恨不得是他，恨不得把他的淚放在我的眶裡，替他流亡……。

那年代，我們喜歡唱歌，也有許多歌可唱。音樂老師、國文老師、數學老師都把自己喜歡的歌教給我們，那流亡者，那闊肩厚背的黑臉漢子，唱起歌來全校各教室都聽得見。他率領我們浩浩蕩蕩到四鄉去宣傳抗日，挺胸昂首，引吭高聲，感動得我們這些小孩都覺得自己很偉大。

——我們從敵人屠刀下衝出，
痛嘗夠亡國的迫害恥辱，
遍身被同胞熱血染紅，
滿懷犧牲決心，和最大的憤怒。

唱在押韻的地方，歌聲帶幾分哽咽。但是接著又激昂起來：

——我們帶著救亡的火種，
走遍祖國廣大的城鄉山林，
冒著急雨寒雪霜冰，
不怕暗夜風沙泥濘。

唱著唱著，他的眼睛向遠方看，愈看愈遠，越過房屋，越過城牆，越過地平，向風沙泥濘的廣大山林看去，一臉的認真和堅忍，好像他已置身其間奮勇向前。啊，那是多豐富的經驗！多壯烈的滋味！唱著唱著，我也在那滋味裡醉了。

教完這首歌以後，國文老師就不見了。他沒有跟我們說要到什麼地方去，但是，我認為我知道。當天邊晚霞消失，我彷彿看見天外有一個人揹著行囊，挺著胸膛，在大風大雨中奮鬥，在流血流汗中成長。那人是他，那人也是我。我再也不珍惜家庭的溫暖，鄉情的醇美，甚至也不珍惜國家的保護。失去這些比擁有這些更能增加生命的意義。讓我也流亡吧，我也受迫害吧。我又想死了，我想在攀登懸崖峭壁時失足失蹤，讓同伴向山谷中丟幾塊石頭，象徵性的做我的墳墓。讓浩浩天風捲走他們的淚水，落在另一座山的野花上，凝成露珠。

我恐怕是有些失常了。都是夕陽惹的禍。我想，如果我家住在城東……。

一方陽光

四合房是一種封閉式的建築，四面房屋圍成天井，房屋的門窗都朝著天井。從外面看，這樣的家宅是關防嚴密的碉堡，厚牆高簷密不通風，擋住了寒冷和偷盜，不過，住在裡面的人也因此犧牲了新鮮空氣和充足的陽光。

我是在「碉堡」裡出生的。依照當時的風氣，那座碉堡用青磚砌成，黑瓦蓋頂，灰色方磚鋪地，牆壁、窗櫺、桌椅、門板、花瓶、書本，沒有一點兒鮮豔的顏色。即使天氣晴朗，室內的角落裡也黯淡陰沉，帶著嚴肅，以致自古以來不斷有人相信祖先的靈魂住在那一角陰影裡。嬰兒大都在靠近陰影的地方呱呱墜地，進一步證明了嬰兒跟他的祖先確有密切難分的關係。

室外，天井，確乎是一口「井」。夏夜納涼，躺在天井裡看天，四面高聳的屋脊圍著一方星空，正是「坐井」的滋味。冬天，院子裡總有一半積雪遲遲難以融化，總有一排屋簷掛著冰柱，總要動用人工把簷溜敲斷，把殘雪運走。而院子裡總有地方結了冰，害得愛玩好動的孩子們四腳朝天。

北面的一棟房屋，是四合房的主房。主房的門窗朝著南方，有機會承受比較多的陽光。中午的陽光越過南房，傾瀉下來潑在主房的牆上。開在這面牆上的窗子，早用一層棉紙、一層九九消寒圖糊得嚴絲合縫，陽光只能從房門伸進來，照門框的形狀，在方磚上畫出一片長方形。這是一片光明溫暖的租界，是每一個家庭的勝地。

現在，將來，我永遠能夠清清楚楚看見，那一方陽光鋪在我家門口，像一塊發亮的地毯。然後，我看見一只用麥稈編成、四周裹著棉布的坐墩，擺在陽光裡。然後，一雙謹慎而矜持的小腳，走進陽光，停在墩旁，腳邊同時出現了她的針線笸。一隻生著褐色虎紋的狸貓，咪嗚一聲，跳上她的膝蓋，然後，一個男孩蹲在膝前，用心翻弄針線笸裡面的東西，玩弄古銅頂針和粉紅色的剪紙。那就是我，和我的母親。

如果當年有人問母親：你最喜歡什麼？她的答覆八成是喜歡冬季晴天這門內一方陽光。她坐在裡面做針線，由她的貓和她的兒子陪著。我清楚記得一股暖流緩緩充進我的棉衣，棉絮膨脹起來，輕軟無比。我清楚記得毛孔張開，承受熱絮的輕燙，無須再為了抵抗寒冷而收縮戒備，一切煩惱似乎一掃而空。血液把這種快樂傳遍內臟，最後在臉頰上留下心滿意足的紅潤。我還能清清楚楚聽見那隻貓的鼾聲，牠躺在母親懷裡，或者伏在我的腳面上，虔誠的念誦由西天帶來的神祕經文。

在那一方陽光裡，我的工作是持一本《三國演義》，或《精忠說岳》，念給母親聽。如果我念了別字，她會糾正，如果出現生字，——母親說，一個生字是一隻攔路虎，她會停下針線，幫我把老虎打死。漸漸地，我發現，母親的興趣並不在乎重溫那些早已熟知的故事情節，而是使我多陪伴她。每逢故事告一段落，我替母親把繡線穿進若有若無的針孔，讓她的眼睛休息一下。有時候，大概是暖流作怪，母親嚷著「我的頭皮好癢！」我就攀著她的肩膀，向她的髮根裡找蝨子，找白頭髮。

我在曬太陽曬得最舒服的時候，醺然如醉，岳飛大破牛頭山在我喉嚨裡打轉兒，發不出聲音來。貓恰恰相反，牠愈舒服，愈呼嚕得厲害。有一次，母親停下針線，看她膝上的貓，膝下的我。

「你聽，貓在說什麼？」

「貓沒有說話，牠在打鼾。」

「不，牠是在說話。這裡面有一個故事，一個很久很久以前的故事……」

母親說，在遠古時代，宇宙洪荒，人跟野獸爭地。人類聯合起來把老虎逼上山，把烏鴉逼上樹，只是對滿地橫行的老鼠束手無策。老鼠住在你的家裡，住在你的臥室裡，在你最隱密最安全的地方出入無礙，肆意破壞。老鼠是那樣機警、詭詐、敏捷、惡毒，人們用盡方法，居然不能安枕。

有一次，一個母親輕輕的拍著她的孩子，等孩子睡熟了，關好房門，下廚做飯。她做好了飯，回到臥室，孩子在哪兒？床上有一群啾啾作聲的老鼠，爭著吮吸一具血肉斑斕的白骨。老鼠把她的孩子吃掉了。

——聽到這裡，我打了一個寒顫。

這個摧心裂肝的母親向孫悟空哭訴。悟空說：「我也制不了那些老鼠。」但是，總該有一種力量可以消滅醜惡骯髒而又殘忍的東西。天上地下，總該有個公理！悟空想了一想，乘觔斗雲進天宮，到玉皇大帝座前去找那一對御貓。貓問他從哪裡來，他說，下界。貓問下界是什麼樣子，悟空說，下界熱鬧，好玩。天下的神仙哪個不想下凡？貓心動，擔憂在下界迷路，不能再回天宮。悟空拍拍胸脯說：「有我呢，我一定送你們回來。」

就這樣，一個觔斗雲，悟空把御貓帶到地上。

御貓大發神威，殺死無數老鼠。從此所有的老鼠都躲進洞中苟延歲月。

可是，貓也從此失去天國。悟空把牠們交給人類，自己遠走高飛，再也不管牠們。悟空知道，貓若離開下界，老鼠又要吃人，就硬著心腸，負義背信。從此，貓留在地上，成了人類最寵愛的家畜。可是，牠們也藏著滿懷的愁和怨，常常想念天宮，盼望悟空，反覆不斷的說：

「許送，不送……許送，不送。……」

「許送，不送。」就是貓們鼾聲的內容。

原來人人寵愛的貓，心裡也有委屈。原來安逸滿足的鼾聲裡包含著失望的蒼涼。如果母親不告訴我這個故事，我永遠想不到，也聽不出來。

我以無限的愛心和歉意抱起那隻狸貓，親牠。

牠伸了一個懶腰，身軀拉得好長，好細，一環一環肋骨露出來，抵擋我的捉弄。冷不防，從我的臂彎裡竄出去，遠了。

母親不以為然，她輕輕的糾正我：「不好好的纏毛線，逗貓做什麼？」

在我的記憶中，每到冬天，母親總要抱怨她的腳痛。

她的腳是凍傷的。當年做媳婦的時候，住在陰暗的南房裡，整年不見陽光。寒凜凜的水氣，從地下冒上來，從室外滲進室內，侵害她的腳，兩隻腳永遠冰冷。

在嚴寒中凍壞了的肌肉，據說無藥可醫。年復一天，冬天的訊息乍到，她的腳面和腳跟立即有了反應，那裡的肌肉變色、浮腫，失去彈性，用手指按一下，你會看見一個坑兒。看不見的，是隱隱刺骨的疼痛。

分了家，有自己的主房，情況改善了很多，可是年年腳痛依然，它已成為終身的痼疾。儘管在那一方陽光裡，暖流洋溢，母親仍然不時皺起眉頭，咬一咬牙。

當刺繡刺破手指的時候，她有這樣的表情。

母親常常刺破手指。正在繡製的枕頭上面，星星點點有些血痕。繡好了，第一件事是把這些多餘的顏色洗掉。

據說，刺繡的時候心煩慮亂，容易把繡花針扎進指尖的軟肉裡。母親的心常常很亂嗎？

不刺繡的時候，母親也會暗中咬牙，因為凍傷的地方會突然一陣刺骨難禁。

在那一方陽光裡，母親是側坐的，她為了讓一半陽光給我，才把自己的半個身子放在陰影裡。

常常是，在門旁端坐的母親，只有左足感到溫暖舒適，相形之下，右足特別難過。這樣，左足受到的傷害並沒有復元，右足受到的摧殘反而加重了。

母親咬牙的時候，沒有聲音，只是身體輕輕震動一下。不論我在做什麼，不論那貓睡得多甜，我們都能感覺出來。

這時，我和貓都仰起臉來看她，端詳她平靜的面容幾條不平靜的皺紋。

我忽然得到一個靈感：「媽，我把你的座位搬到另一邊來好不好？換個方向，讓右腳也多曬一點太陽。」

母親搖搖頭。

我站起來，推她的肩，媽低頭含笑，一直說不要。貓受了驚，蹄縫間露出白色爪尖。

座位終於搬到對面去了，狸貓跳到院子裡去，母親連聲喚牠，牠裝作沒有聽見；我去捉牠，連我自己也沒有回到母親身邊。

以後，母親一旦坐定，就再也不肯移動。很顯然，她希望在那令人留戀的幾尺乾淨土裡，她的孩子，她的貓，都不要分離，任發酵的陽光，釀造濃厚的情感。她享受那情感，甚於需要陽光，即使是嚴冬難得的煦陽。

盧溝橋的砲聲使我們眩暈了一陣子。這年冬天，大家心情興奮，比往年好說好動，母親的世界也測到一些震波。

母親在那一方陽光裡，說過許多夢、許多故事。

那年冬天，我們最後擁有那片陽光。

她講了一個夢，對我而言，那是她最後的夢。

母親說，她在夢中抱著我，站在一片昏天黑地裡，不能行動，因為她的雙足埋在幾寸厚的碎琉璃碴兒裡面，無法舉步。四野空空曠曠，一望無邊都是碎琉璃，好像一個琉璃做成的世界完全毀壞了，堆在那裡，閃著燐一般的火焰。碎片最薄最鋒利的地方有一層青光，純鋼打造的刀尖才有那種鋒芒，對不設防的人，發生無情的威嚇。而母親是赤足的，幾十把琉璃刀插在腳邊。

我躺在母親懷裡，睡得很熟，完全不知道母親的難題。母親獨立蒼茫，汗流滿面，覺得我的身體愈來愈重，不知道自己能支持多久。母親想，萬一她累昏了，孩子掉下去，怎麼得了？想到這裡，她又發覺我根本光著身體，沒有穿一寸布。她的心立即先被琉璃碎片刺穿了。

某種疼痛由小腿向上蔓延，直到兩肩、兩臂。她咬牙支撐，對上帝禱告。

就在完全絕望的時候，母親身邊突然出現一小塊明亮乾淨的土地，像一方陽光這麼大，平平坦坦，正好可以安置一個嬰兒。謝天謝地，母親用盡最後的力氣，把我輕輕放下。我依然睡得很熟。誰知道我著地以後，地面忽然傾斜，我安身的地方是一個斜坡，像是又陡又長的滑梯，長得可怕，沒有盡頭。我快速的滑下去，比飛還快，轉眼間變成一個小黑點。

在難以測度的危急中，母親大叫。醒來之後，略覺安慰的倒不是我好好的睡在房子裡，而是事後記起我在滑行中突然長大，還遙遙向她揮手。

母親知道她的兒子絕不能和她永遠一同圍在一個小方框裡，兒子是要長大的，長大了的兒子會失散無蹤的。

時代像篩子，篩得每一個人流離失所，篩得少數人出類拔萃。

於是，她有了混合著驕傲的哀愁。

她放下針線，把我摟在懷裡問：

「如果你長大了，如果你到很遠的地方去，不能回家，你會不會想念我？」

當時，我唯一的遠行經驗是到外婆家。外婆家很好玩，每一次都在父母逼迫下勉強離開。我沒有思念過母親，不能回答這樣的問題。同時，母親夢中滑行的景象引人入勝，我立即想到滑冰，急於換一雙鞋去找那個冰封了的池塘。

躍躍欲試的兒子，正設法掙脫傷感留戀的母親。

母親放開手凝視我：

「只要你爭氣，成器，即使在外面忘了我，我也不怪你。」

那些雀鳥

手裡握一隻麻雀或黃雀，是挺好玩的事情，你不能怪孩子們喜歡捉牠。細嫩的絨毛，暖烘烘的腱肉，令你的掌心那樣舒適。牠的心臟鼓動得那樣劇烈，腳爪顫動，將愉快的韻律傳遍你的周身。牠全身依附你，但是眼睛卻張皇四顧，尋找出路。你只要一用力，就可以捏死牠，可是，你若鬆開五指，（多麼容易的事情！）你立即創造了一位活潑的天使。

捉雀鳥的方法有十七種，我哪一種也不會。別的孩子捉到雀兒拿給我看，如果我有錢，就向他們買；如果沒有，他們就把雀兒捏死，用泥巴密封起來，烤熟了吃。如果我買到手，就輕輕的握著，享受操縱命運的樂趣。握鳥跟握住一塊石頭不同，你得用拇指和食指圍住牠的脖子，用小指從後面頂住牠的大腿，中間三指貼緊牠的肚子，這樣，牠就兩腳懸空，兩翅貼身，完全喪失了飛鳥的特性，任人擺弄。唯一不馴伏的是牠的眼睛，總是側頭去望樹枝，那神情令你覺得加倍有趣。

我很注意手裡握著雀鳥的孩子。怎麼，你捉到一隻麻雀嗎？你打算怎麼辦？烤熟了吃？

麻雀有什麼好吃，不如吃冰糖葫蘆。我給你錢去買冰糖葫蘆，你給我麻雀。我握住麻雀，暗想：把這樣有趣的東西丟在火裡燒焦，實在糟蹋。我帶著牠到郊外去，鑽進林裡，鑽進一片花花的樹葉、花花的陽光底下，一片嘩嘩的鳥聲中，小麻雀伸長了脖子聽，側著頭看，熱血沸騰，使我的掌心出汗。我一揚手，像拋一塊石頭把牠拋出去，這石頭在空中變成紙鳶，飄起來，藏進花花的陽光、花花的樹葉裡。風來撫摩我張開的手掌，輕輕拭去掌心的汗珠，這隻手好舒服！就像剛剛跟國王握過一樣。

大概冰糖葫蘆的滋味確實不錯，我經常可以買到麻雀或黃雀。當然，有些孩子寧願吃雀肉，到處拾柴生火，席地大餐。雀兒怎麼這樣愚蠢，前仆後繼落到孩子們的網裡？那些從我手中僥倖脫險的雀兒難道不把親身經驗告訴牠的同類？在雀類的世界裡，難道不互相傳播警告？孩子們烤雀肉的時候，活著的麻雀在旁邊飛來飛去，難道看不見？

突然間，我興起一陣雄心，想拯救這些可憐的小動物。我打破了那個最大的撲滿。整個暑假，天天到野外去放雀。當然，這樣效果還是有限（天下的兒童都正在抓天下的雀鳥），要緊的是喚起雀類世界的自救。一隻麻雀黃雀什麼雀由別人手裡轉來之後，絕處逢生之前，我剪掉牠的一個腳趾，僅僅一剪。雀兒受到傷害，劇烈的抖動一下，比起燒死，這點痛苦算不了什麼。唯有經過痛苦，才會留下刻骨銘心的記憶。唯有經過痛苦，才會牢記教訓，不犯以前的錯誤。帶著痛苦飛去吧，在以後的日子裡，要時時反省，為什麼少掉一個腳趾。要告訴小雀兒怎樣保全腳趾。讓所有的雀類看到那隻殘缺的腳，讓牠們一傳十，十傳百，都知道有些地方不可去，有些東西不可靠近，有些食物不可吃。

這癖好花光了我所有的儲蓄，甚至使我成為親友眼中的笑柄。那年頭，長輩們作興賞一點零錢給小孩子用，他們把銅元塞進我的口袋時常說：「拿去買麻雀。」我常常到打穀場上去看麻雀，特別注意牠們的腳，雀兒成群結隊，個個雙腳完好，趾爪齊全，那些得到教訓的雀兒，個個遠走高飛，躲開凶殘陰險的人類。我希望永遠不再看見牠們。一天，新雨初晴，積水旁邊留下麻雀跳過去的一行腳印，水痕清晰，有一根斷趾，我蹲下來看了許久，一直替那隻鳥擔心。

一年以後，城裡來了一個走江湖的，用一隻聰明的染黃了的麻雀替人抽籤，生意很好。我跑去看，先看那鳥的腳爪，有一跟腳趾只剩下半截，站在滑溜溜的橫桿上分外吃力。我本來有些生氣，想罵牠一頓，問牠為什麼上過一次當還沒有學乖，辜負了我一片苦心。牠側著頭望我，當初在樹林裡我展開手掌托住牠，讓牠飛去，牠似信似疑的遲疑了一下，回頭望我，就是這種神情。我的心裡突然感到一陣溫暖，好像看見了久無音訊的老朋友，除了關切以外，還想在彼此之間留下一點什麼，紀念這一次難得的重逢。

要想留一點日後的回憶，現在就抽一次籤吧。這樣最方便，也唯一可行。我摸出錢來交給牠的主人，那江湖客吹一聲口哨，黃麻雀側著頭再望我一眼，分明還認得我。一陣喜悅從我心底湧上來，牠也知道遇見了老朋友，牠不會忘記在患難中得救的經過。牠在張望那一疊其薄如紙的竹片，想從其中選一張「上上大吉」出來，表示對我的感激。

黃雀是知道報恩的，啣一張竹片比啣一個玉環來要容易得多，是不是？江湖客又吹口哨了，在尖銳急促的哨聲中，黃雀結束了猶疑，去啄那竹片，啣出一張來，交到主人手中。竹片上有四個字：「下下，不吉。」

我吃了一驚，不是為了卦象，是為了那鳥回報的方式。而那鳥，做完這件事以後，就飛上橫架，再也不理我了。我覺得受到了侮辱，掉頭走開，被那江湖客一把拉住。他說：「別走，錢退給你，唯抽到這支籤，我退錢。」

那是為什麼？江湖客說，全部的籤都很吉利，只有這一支籤例外。本來連一支也沒有，但是警察局認為必須有吉有凶，否則就是詐欺。這支籤完全是為了符合規定，在他的心目中是不算數的。我現在覺得非常憤怒了，單單選這一支壞籤抽給我！我接過錢來，大步走。半途，一個孩子追上來問：「要買麻雀嗎？」

紅頭繩兒

一切要從那口古鐘說起。

鐘是大廟的鎮廟之寶，鏽得黑裡透紅，纏著盤旋轉折的紋路，經常發出蒼然悠遠的聲音，穿過廟外的千株槐，拂著林外的萬畝麥，薰陶赤足露背的農夫，勸他們成為香客。

鐘聲何時響，大殿神像的眼睛何時會亮起來，炯炯的射出去；鐘聲響到哪裡，光就射到那裡，使鬼魅隱形，精靈遁走。半夜子時，和尚起來敲鐘，保護原野間辛苦奔波的夜行人不受邪祟……。

廟改成小學，神像都不見了，鐘依然在，巍然如一尊神。鐘聲響，引來的不再是香客，是成群的孩子，大家圍著鐘，睜著發亮的眼睛，伸出一排小手，按在鐘面的大明年號上，嘗震顫的滋味。

手挨著手，人人快活得隨著鐘聲飄起來，無論多少隻小手壓上去，鐘聲悠悠然，沒有絲毫改變。

校工還在認真的撞鐘，後面有人擠得我的手蹠著她尖尖的手指，擠得我的臉碰著她紮的紅頭繩兒了。擠得我好窘好窘！好快樂好快樂！可是我們沒談過一句話。

鐘聲停止，我們這一群小精靈立刻分頭跑散，越過廣闊的操場，衝進教室。再遲一分，老師就要坐在教席上，記下遲到的名字。看誰跑得快！可是，我總是落在後面，看那兩根小辮子，裹著紅頭繩兒，一面跑，一面晃蕩。

……如果她跌倒，由我攙起來，有多好！

我們的家長從兩百里外請來一位校長，校長來到古城的時候牽著一個手指尖尖、梳著雙辮的女兒。校長是高大的、健壯的、聲音宏亮的漢子，她是聰明的、傷感的、沒有母親的孩子。家長們對她好憐愛、好憐愛，大家請校長吃飯的時候，太太們把女孩擁在懷裡，捏她，親她，解開她的紅頭繩兒，問：「這是誰替你紮的？校長嗎？」重新替她梳好辮子，又量她的身材，拿出料子來，問她哪一件好看。

在學校裡，校長對學生很嚴厲，包括對自己的女兒。他要我們跑得快，站得穩，動作整齊劃一。如果我們唱歌的聲音不夠雄壯，他走到我們面前來叱罵：「你們想做亡國奴嗎？」對犯規的孩子，他動手打，挨了打也不准哭。可是，他絕對不禁止我們拿半截粉筆藏在口袋裡，他知道，我們在放學回家的路上，喜歡找一塊乾淨牆壁，用力寫下「打倒日本帝國主義」。

大軍過境的日子，他不處罰遲到的學生，他知道我們喜歡看兵，大兵也喜歡摸著我們的頭頂、想念自己的兒女，需要我們帶著他們找郵局、寄家信。

「你們這一代，要在戰爭中長大。你們要早一點學會吃苦，學會自立。挺起你們的胸膛來！有一天，你們離開家，離開父母，記住！無論走到哪裡，都要挺胸抬頭……」

校長常常這麼說。我不懂他在說什麼。我怎麼會離開父母？紅頭繩兒怎麼會離開他？如果彼此分散了，誰替她梳辮子呢？

……

盧溝橋打起來了。那夜我睡得甜，起得晚，走在路上，聽到朝會的鐘聲。這天，鐘響得很急促，好像撞鐘的人火氣很大。到校後，才知道校長整夜守著收音機沒合眼，他抄錄廣播新聞，親自寫好鋼板，喊醒校工，輪流油印，兩人都是滿手油墨，一眶紅絲。小城沒有報紙，也只有學校裡有一架收音機，國家發生了這麼大的事情，不能讓許多人蒙在鼓裡。校長把高年級的學生分成十組，分十條路線出發，挨家散發油印的快報。快報上除了新聞，還有他寫的一篇文章，標題是「拚到底，救中國！」我跟紅頭繩兒編在一個小組，沿街喊著「拚到底，救中國！」家家戶戶跑到街心搶快報。我們很興奮，可是我們兩人沒有交談過一句話。

送報回來，校長正在指揮工人在學校的圍牆上拆三個出口，裝上門，在門外的槐樹林裡挖防空坑。忙了幾天，開始舉行緊急警報的防空演習。警報器是瘋狂的朝那口鐘連敲不歇，每個人聽了這異常的聲音，都要疏散到牆外，跳進坑裡。校長非常認真，提著籐鞭在樹林裡監視著，誰敢把腦袋伸出坑外，當心籐鞭的厲害。他一面打，一面罵：「你找死！你找死！我偏不讓你死！」罵一句，打一下，疼得你滿身冒汗，哭不出來。

校長說得對，汗不會白流，貼著紅膏藥的飛機果然來了，他衝出辦公室，親自撞那口鐘。我找到了一個坑，不顧一切跳下去，坐下喘氣。鐘還在急急的響，鐘聲和轟隆的螺旋槳聲混雜在一起。我為校長擔心，不住的禱念：「校長，你快點跳進來吧！」這種坑是為兩個人一同避難設計的，我望著餘下的一半空間，聽著頭頂上同學們鼕鼕的腳步響，期待著。

有人從坑邊跑過，踢落一片塵土，封住了我的眼睛。接著，撲通一聲，那人跳進來。是校長嗎？不是，這個人的身軀很小，而且帶來一股雪花膏味兒。

「誰？」我閉著眼睛問。

「我。」聲音細小，聽得出是她，校長的女兒！

我的眼睛突然開了！而且從沒有這樣明亮。她在喘氣，我也在喘氣。我們的臉都紅得厲害。我有許多話要告訴她，說不出來，想嚥唾沫潤潤喉嚨，口腔裡榨不出一滴水。轟隆轟隆的螺旋槳聲壓在我倆的頭頂上。

有話快一點說出來吧，也許一分鐘後，我們都要死了。……要是那樣，說出來又有什麼用呢？……

時間在昏熱中過去。我沒有死，也沒有說什麼。我拿定主意，非寫一封信不可，決定當面交給她，不能讓第三者看見。鐘聲悠悠，警報解除，她走了，我還在坑裡打腹稿兒。

出了坑，才知道敵機剛才低飛掃射。奇怪，我沒聽見槍聲，想一想，坑裡飄進來那些槐葉，一定是槍彈打落的。第二天，校長和家長們整天開會，謠言傳來，說敵機已經在空中照了相，選定了下次投彈的地方。前線的戰訊也不好，敵人步步逼進，敏感的人開始準備逃離。

學校決定無限期停課，校長打算回家去抗戰，當然帶著女兒。這些可不是謠言。校長為人太好了，我有點捨不得他，當然更捨不得紅頭繩兒，快快朝學校走去。我已經寫好了一封信，裝在貼身的口袋裡發燙。一路宣著誓，要在靜悄無人的校院裡把信當面交給她。……怎麼，誰在敲鐘，難道是警報嗎？——不是，是上課鐘。停課了怎麼會再上課！大概有人在胡鬧吧……我要看個究竟。

學校裡並不冷清，一大群同學圍著鐘，輪流敲撞。鐘架下面挖好了一個深穴，帶幾分陰森。原來這口鐘就要埋在地下，等抗戰勝利再出土。這也是校長的主意，他說，這麼一大塊金屬落在敵人手裡，必定變成子彈來殘殺我們的同胞。這些同學，本來也是來看校長的，大家都有點捨不得他，儘管多數挨過他的籐鞭。現在大家捨不得這口鐘，誰都想多聽聽它的聲音，誰也都想親手撞它幾下。你看！紅頭繩兒也在坑邊望鐘發怔呢！

鐘要消失，紅頭繩兒也要消失，一切美好的事物都要毀壞變形。鐘不歇，人不散，只要他們多撞幾下，我會多有幾分鐘時間。沒有人注意我吧？似乎沒有，大家只注意那口鐘。悄悄向她身邊擠去，擠兩步，歇一會兒，摸一摸那封信，忍一忍心跳。等我擠到她身後站定，好像是翻山越嶺奔波了很長的路。

取出信，捏在手裡，緊張得發暈。

我差一點暈倒。

她也差一點暈倒。

那口大鐘劇烈的搖擺了一下。我抬頭看天。

「飛機！」

「空襲！」

在籐鞭下接受的嚴格訓練看出功效，我們像野兔一樣竄進槐林，隱沒了。坐在坑裡，聽遠近炸彈爆裂，不知道自己家裡怎樣了。等大地和天空恢復了平靜，還不敢爬出來，因為那時候的防空知識說，敵機很可能回頭再轟炸一次。我們屏息靜聽。……

很久很久，槐林的一角傳來女人的呼叫，那是一個母親在喊自己的孩子，聲嘶力竭。接著，槐林的另一角，另一個母親，一面喊，一面走進林中。

立刻，幾十個母親同時喊起來。空襲過去了，她們出來找自己的兒女，呼聲是那樣的迫切、慈愛，交織在偌大一片樹林中，此起彼落。……

紅頭繩兒沒有母親……。

我的那封信……我想起來了，當大地開始震撼的時候，我順勢塞進她的手中。

不會錯吧？仔細想想，沒有錯。

我出了防空坑，特地再到鐘架旁邊看看，好確定剛才的想法。鐘架炸坍了，工人正在埋鐘。一個工人說，鐘從架上脫落下來，恰好掉進坑裡，省了他們很多力氣。要不然，這麼大的鐘多少人抬得動！

站在一旁回憶剛才的情景，沒有錯，信在她的手裡。回家的路上，我反覆的想：好了，她能看到這封信，我就心滿意足了。

大轟炸帶來大逃亡，親族、鄰居，跟傷兵、難民混在一起，滾滾不息。我東張西望，不見紅頭繩兒的影子，只有校長遠遠站在半截斷壁上，望著駁雜的人流發呆。一再朝他招手，他也沒看見。

果然如校長所說，我們在戰爭中長大，學會了吃苦和自立。童年的夢碎了，碎片中還有紅頭繩兒的影子。

征途中，看見掛一條大辮子的姑娘，曾經想過：紅頭繩兒也該長得這麼高了吧？看見由儐相陪同、盛妝而出的新婦，也想過：紅頭繩兒嫁人了吧？

自己也曾經在陌生的異鄉，摸著小學生的頭頂，問長問短，一面暗想：「如果紅頭繩兒生了孩子……」

我也看見許多美麗的少女流離失所，人們逼迫她去做的事又是那樣下賤……。

直到有一天，我又跟校長見了面。儘管彼此的面貌變了，我還認識他，他也認得我。我問候他，問他的健康，問他的工作，問他抗戰八年的經歷。幾次想問他的女兒，幾次又吞回去，終於忍不住還是問了。

他很嚴肅的拿起一根菸來，點著，吸了幾口，造成一陣沉默。

「你不知道？」他問我。

我慌了，預感到什麼：「我不知道……我真的不知道。」

校長哀傷的說，在那次大轟炸之後，他的女兒失蹤了。他找遍每一個防空坑，問遍每一個家庭。為了等候女兒的消息，他留在城裡，直到聽見日軍的機關槍聲。……多年來，在茫茫人海，夢見過多少次重逢，醒來仍然是夢……。

怎麼會！這怎麼會！我叫起來。

我說出那次大轟炸的情景：同學們多麼喜歡敲鐘，我和紅頭繩兒站得多麼近，腳邊的坑是多麼深，空襲來得多麼突然，我們疏散得多麼快！……只瞞住了那封信。我一再感謝校長對我們的嚴格訓練，否則，那天將炸死很多孩子。校長一句話不說，只是聽。為了打破可怕的沉默，我只有不停的說，說到那口鐘怎樣巧妙的落進坑中，由工人迅速填土埋好。

淚珠在校長的眼裡轉動，嚇得我住了口。這顆淚珠好大好大，掉下來，使我更忘不了那次轟炸。

「我知道了！」校長只掉下一顆眼淚，眼球又恢復了乾燥。「空襲發生的時候，我的女兒跳進鐘下面坑裡避難。鐘掉下來，正好把她扣住。工人不知道坑裡有人，就填了土……」

「這不可能！她在鐘底下會叫……」

「也許鐘掉下來的時候，把她打昏了。」

「不可能！那口鐘很大，我曾經跟兩個同學同時鑽到鐘口裡面寫標語！」

「也許她在往坑裡跳的時候，已經在轟炸中受了傷。」

我仔細想了想：「校長，我覺得還是不可能！」

校長伸過手來，用力拍我的肩膀：「老弟，別安慰我了，我情願她扣在鐘底下，也不願意她在外面流落……」

我還有什麼話可說？

臨告辭的時候，他使用當年堅定的語氣告訴我：

「老弟，有一天，咱們一塊兒回去，把那口鐘吊起來，仔細看看下面。……咱們就這樣約定了！」

當夜，我作了一個夢，夢見我帶了一大群工人，掘開地面，把鐘抬起來，點著火把，照亮坑底。下面空蕩蕩的，我當初寫給紅頭繩兒的那封信攤在那兒，照老樣子疊好，似乎沒有打開過。

失樓台

小時候，我最喜歡的地方是外婆家。那兒有最大的院子，最大的自由，最少的干涉。偌大幾進院子只有兩個主人：外祖母太老，舅舅還年輕，都不願管束我們。我和附近鄰家的孩子們成為這座古老房舍裡的小野人。一看到平面上高聳的影像，就想起外祖母家，想起外祖父的祖父在後院天井中間建造的堡樓，黑色的磚，青色的石板，一層一層堆起來，高出一切屋脊，露出四面鋸齒形的避彈牆，像戴了皇冠一般高貴。四面房屋繞著他，他也晝夜看顧著它們。傍晚，金黃色的夕陽照著樓頭，使他變得安詳、和善，遠遠看去，好像是伸出頭來朝著牆外微笑。夜晚繁星滿天，站在樓下抬頭向上看他，又覺得他威武堅強，艱難的支撐著別人不能分擔的重量。這種景象，常常使我的外祖母有一種感覺，認為外祖父並沒有死去，仍然和她同在。

是外祖父的祖父，填平了這塊地方，親手建造他的家園。他先在中間造好一座高樓，買下自衛槍枝，然後才建造周圍的房屋。所有的小偷、強盜、土匪，都從這座高聳的建築物得到警告，使他們在外邊經過的時候，腳步加快，不敢停留。由外祖父的祖父開始，一代一代的家長夜間都宿在樓上，監視每一個出入口。

輪到外祖父當家的時候，土匪攻進這個鎮，包圍了外祖父家，要他投降。他把全家人遷到樓上，帶領看家護院的槍手站在樓頂，支撐了四天四夜。土匪的快槍打得堡樓的上半部盡是密密麻麻的彈痕，但是沒有一個土匪能走進院子。

舅舅就是在那次槍聲中出生的。槍戰的最後一夜，宏亮的男嬰的啼聲，由樓下傳到樓上，由樓內傳到樓外，外祖父和牆外的土匪都聽到這個生命的吶喊。據說，土匪的頭目告訴他的手下說：「這家人家添了一個壯丁，他有後了。我們已經搶到不少的金銀財寶，何必再和這家結下子孫的仇恨呢？」土匪開始撤退，舅舅也停止哭泣。

等到我以外甥的身分走進這個沒落的家庭，外祖父已去世，家丁已失散，樓上的彈痕已模糊不清，而且天下太平，從前的土匪，已經成了地方上維持治安的自衛隊。這座樓唯一的用處，是養了滿樓的鴿子。自從生下舅舅以後，二十幾年來外祖母沒再到樓上去過，讓那些鴿子在樓上生蛋、孵化，自然繁殖。樓頂不見人影，垛口上經常堆滿了這種灰色的鳥，在金黃色的夕陽照射之下，閃閃發光，好像是皇冠上鑲滿了寶石。

外祖母經常在樓下撫摸黑色的牆磚，擔憂這座古老的建築還能支持多久。磚正風化，磚與磚之間的縫隙處石灰多半裂開，樓上的梁木被蟲蛀壞，夜間隱隱有像是破裂又像摩擦的咀嚼之聲。很多人勸我外祖母把這座樓拆掉，以免有一天忽然倒下來，壓傷了人。外祖母搖搖頭。她捨不得拆，也付不出工錢。每天傍晚，一天的家事忙完了，她搬一把椅子，對著樓抽她的水煙袋。水煙呼嚕呼嚕的響，樓頂鴿子也咕嚕咕嚕的叫，好像她老人家跟這座高樓在親密交談，日子就這樣一天天的過去。

喜歡這座高樓的，除了成群的鴿子，就是我們這些成群的孩子。我們圍著他捉迷藏，在他的陰影裡玩彈珠。情緒高漲的時候掏出從學校裡帶回來的粉筆在上面大書「打倒日本帝國主義」。如果有了冒險的欲望，我們就故意忘記外祖母的警告，爬上樓去，踐踏那吱吱作響的樓梯，撥開一層一層的蜘蛛網，去碰自己的運氣，說不定可以摸到幾個鴿蛋，或者撿到幾個空彈殼。我在樓上撿到過銅板、鈕扣、菸嘴、鑰匙、手槍的子彈夾，和鄰家守望相助聯絡用的號角——吹起來還嗚嗚的響。整座大樓，好是一個既神祕、又豐富的玩具箱。

它給我們最大的快樂是滿足我們破壞的欲望。那黑色的磚塊，看起來就像銅鐵，但是只要用一根木棒或者一小節竹竿一端抵住磚牆、一端夾在兩隻手掌中間旋轉，木棒就鑽進磚裡，有黑色的粉末落下。輕輕的把木棒抽出來，磚上留下渾圓的洞，漂亮、自然，就像原來就生長在上面。我們發現用這樣簡單的方法可以刺穿看上去如此堅硬無比的外表，實在快樂極了。

在我們身高所能達到的一段牆壁，布滿了這種奇特的孔穴，看上去比上面的槍眼彈痕還要惹人注意。

有一天，里長來了，他指著我們在磚上造成的蜂窩，對外祖母說：「你看，這座樓確實到了它的大限，隨時可以倒塌。說不定今天夜裡就有地震，它不論往哪邊倒都會砸壞你們的房子，如果倒在你們的睡房上，說不定還會傷人。你為什麼還不把它拆掉呢？」

外祖母抽著她的水煙袋，沒有說話。

這時候，天空響起一陣呼嚕呼嚕的聲音，把水煙袋的響音吞沒，把鴿子的叫聲壓倒。里長往天上看，我也往天上看，我們都沒有看見什麼。只有外祖母不看天，看她的樓。

里長又說：

「這座樓很高，連一里以外都看得見。要是有一天，日本鬼子真的來了，他老遠先看見你家的樓，他一定要開砲往你家打。他怎會知道樓上沒有中央軍或游擊隊呢？到那時候，你的樓保不住，連鄰居也要遭殃。早一點拆掉，對別人對自己，都有好處。」

外祖母的嘴唇動了一動，我猜她也許想說她沒有錢吧！拆掉這麼高的一座樓要花不少的工錢。可是，她什麼也沒有說。

呼嚕呼嚕的聲音消失了，不久又從天上壓下來，墜落非常之快。一架日本偵察機忽然到了樓頂上，那刺耳的聲音，好像是對準我們的天井直轟。滿樓的鴿子驚起四散，就好像整座樓已經炸開。老黃狗不知道發生了什麼事，圍著樓汪汪狂吠。外祖母把平時不離手的水煙袋丟在地上，把我摟在懷裡。……

里長的臉比紙還白，他的語氣裡充滿了警告：「好危險呀！要是這架飛機丟個炸彈下來，一定瞄準你這座樓。你的家裡我以後再也不敢來了。」

這天晚上，舅舅用很低的聲音和外祖母說話。我夢中聽來，也是一片咕嚕。

外祖母吞吐她的水煙，樓上的鴿子也用力抽送牠們的深呼吸，那些聲音好像都參加計議。

一連幾夜，我耳邊總是這樣響著。

「不行！」偶然，我聽清楚了兩個字。

我在咕嚕咕嚕聲中睡去，又在咕嚕咕嚕聲中醒來。難道外祖母還抽她的水煙袋？睜開眼睛看，沒有。天已經亮了，一大群鴿子在院子裡叫個不停。

唉呀！我看到一個永遠難忘的景象，即使我歸於土、化成灰，你們也一定可以提煉出來我有這樣一部分記憶。雲層下面已經沒有那巍峨的高樓，樓變成了院子裡的一堆碎磚，幾百隻鴿子站在磚塊堆成的小丘上咕咕地叫，看見人走近也不躲避。昨夜沒有地震，沒有風雨，但是這座高樓塌了。不！他是在夜深人靜的時候悄悄的蹲下來，坐在地上，半坐半臥，得到徹底的休息。它既沒有打碎屋頂上的一片瓦，也沒有弄髒院子。它只是非常果斷而又自愛的改變自己的姿勢，不妨礙任何人。

外祖母在這座大樓的遺骸前面點起一炷香，喃喃地禱告。然後，她對舅舅說：

「我想過了，你年輕，我不留下你牢守家園。男兒志在四方，你既然要到大後方去，也好！」

原來一連幾夜，舅舅跟她商量的，就是這件事。

舅舅聽了，馬上給外祖母磕了一個頭。

外祖母任他跪在地上，她居高臨下，把責任和教訓傾在他身上：

「你記住，在外邊要爭氣，有一天你要回來，在這地方重新蓋一座樓。……」

「你記住，這地上的磚頭我不清除，我要把它們留在這裡，等你回來。……」

舅舅走得很祕密，他就像平常在街上閒逛一樣，搖搖擺擺的離開了家。外祖母依著門框，目送他遠去，表面上就像飯後到門口消化胃裡的魚肉一樣。但是等舅舅在轉角的地方消失以後，她老人家回到屋子裡哭了一天，連一杯水也沒有喝。她哭我也陪著她哭，而且，在我幼小的心靈中，清楚的感覺到，遠在征途的舅舅一定也在哭。我們哭著，院子裡的鴿子也發出哭聲。

以後，我沒有舅舅的消息，外祖母也沒有我的消息，我們像蛋糕一樣被切開了。但是我們不是蛋糕，我們有意志。我們相信抗戰會勝利，就像相信太陽會從地平線上升起來。從那時起，我愛平面上高高拔起的意象，愛登樓遠望，看長長的地平線，想自己的樓閣。

看　兵

抗戰是夏天發生的。秋天，家鄉變成戰場，父母帶著我和弟弟妹妹逃難，西邊有砲聲，我們往東走；北邊有火光，我們又往南移。一個有悠久歷史的家族，百里之內到處有親友照應，在小孩子心目中，這次逃難是一次自由活潑的長途旅行，只有做父母的知道憂愁。等到戰火推移到遠方，古城裡插上太陽旗，不斷傳來鐵絲網、流彈、刺刀和狼狗的故事，他們的歎息更沉重。一連幾年，我們只是遙望古城，漂流四鄉，無法回到老宅安居，可是出籠的小鳥從此野了心，開了眼界，把苔痕斑剝的四合房拋到九霄雲外去了。

那時候，我們興味盎然百看不厭的，是「過兵」。過兵是浩蕩的武裝部隊從你身旁經過，你一次可以看見那麼多的人、武器，聽到跟這些人這些武器有關的傳說，你是在享受新鮮的撞擊。正規軍不見了，代之而起的是數量更多的游擊隊，四鄉成了他們來往穿梭的運動場。一波又一波莊稼漢，髮根裡還藏著泥土，衣襟上還沾著雞糞，就挺胸昂首連綿不斷變成血肉長城。你每看一遍，就像再逛一次博覽會一樣，總能發現新的意義。

「過兵」的時候，連大人也跑出來看。「抗戰」的念頭是生命的酵粉，弄得他們心靈癢癢，從他們眼底一列一列經過的兵，正好做反覆搔爬的梳齒。看那些勇士們，放下鋤頭，扛起過時的步槍，跟你穿同一式樣的衣服，操同樣的口音，分明是你的鄰人，可是你不認識他，一個也不認識。你覺得自己的世界何等狹小！只好目送他們如目送飛鴻，悠然神往。有時候，隊伍裡的人招招手，看兵的人就進了行列。有些正在耕田鋤草的農夫，看兵看得心動，竟丟下自己的鋤頭，丟下主人的牛，拍拍兩手泥土，尾隨滾滾人流，一去不回。

隊伍總是愈走愈長，誰也猜不透到底有多長……

那天是端節前一天。那天我們很愛國。那天我們用抗戰填我們的心、用粽子填胃。那天我們發現白娘娘比屈原更出名。那天人人都愛蛇，妹妹從鄰家學會了絞纏五色線，把一小段一小段五色線丟進水裡，等著孵化為長蟲。那天每個人都忙，但是一聲「過兵了」使一切忙碌停止。我丟下竹葉、紅棗，奪門而出，朝著狗吠的地方、小孩子拍手的地方跑。

從我們眼前經過的隊伍是一條最長的蛇。它的頭已深深穿透東面的村子，轉一個彎兒向南面的曠野搖擺，它的尾部還盤在西面的幾個村子裡，一圈一圈放開、拉直。一條廢河兩岸垂柳掩護它的腰，隨著地形的起伏，蠕動骨環，向前延伸。

我看見迎面而來的是一隊紅纓槍，纓鬚像平劇舞台上的鬍子垂著，染得血紅，使你聯想矛尖的用處：挑一個血淋淋的人頭。現在矛尖打磨得耀眼明亮，氣候雖然熱起來，矛尖上還掛著冰似的冷芒，冷芒加冷芒編成一張死白的網，網裡裝飾著蕩漾著一汪一汪死紅。扛槍的漢子們鼓起胸膛，邁開大步，翹著下巴，兩眼傲然，一身優越感，看神氣，根本沒有把機槍大砲看在眼裡。旁觀的人激動了，拚命拍巴掌，孩子們朝著他們歡呼。這一點熱情化不開紅纓下面滿臉的僵硬，誰的眼珠也沒有朝我們瞟一下，這些人牢牢凍結在騰騰殺氣裡，不感無覺向前直奔。

望人流來處，又湧起層層後浪，人群簇擁著馬，馬上高聳突出一個發亮的人，好像一團黑壓壓的雲捧著一尊神。我喜歡看馬，馬未到，槍隊先來。我也喜歡看槍，看槍身特別長的大蓋子，槍管特別粗的套筒子，槍膛旁邊多出一個方形鐵盒的漢陽造，槍托槍殼粗糙醜陋的單打一。準星和瞄準器都裝在槍身旁邊的「歪脖子」最能引起我們崇拜的心情，它是日本軍隊使用的機槍，沒處買，只有拚命從敵人陣營裡搶奪，一挺歪脖子代表一次大捷、一件輝煌的戰功。這些，我都看到了，可是這天最惹眼的還是一匹馬，在長槍短槍機槍護衛下，馬以最好的彈性走出俊美的姿勢。牠昂著頭，眼神從長長的鼻梁兩側落下來，一切滿不在乎的神氣。馬毛整潔，像上了釉子。一身高貴的骨骼比美凝固的海浪，扭動的山嶺，相形之下，周圍的人都成了面目模糊的泥偶。

一匹馬可以使一個人變成英雄。

馬走得很慢，我們來得及端詳騎在馬上的人。緊貼著馬的肚子，一雙黃皮鞋插在鐙裡，青布夾褲的褲腳紮在綁腿帶裡。腋下佩槍的地方掛著望遠鏡，頭上迎著天光是一頂草帽和一副茶色太陽眼鏡。這是游擊隊裡少見的裝束，我們斷定他是個人物，劈里啪啦不停的鼓掌。那人朝我們望了一眼，隔著墨鏡照樣尖銳刺人。他翻身下馬，朝著我們走過來。儘管他站在平地上，還是有異樣壓力，異樣氣勢。

我有點害怕，忍住戰慄。

他伸出手來握每一個人。他的手溫和，不過那一雙又大又熱的手掌還是嚇了我一跳。

他的聲音在我耳邊響：「小兄弟，你為什麼還不參加抗戰！」他不是問，是輕輕的責備。

我有幾秒鐘心神恍惚，說不出話來。等他放開手，我就轉身往回家的路上跑。

為什麼不去參加抗戰？我問自己。

這個問題更使我心跳。

去問母親：「我為什麼還不參加抗戰？」母親正煮粽子，滿院子竹葉的清香。

她說：「去問你爸爸。」

偷眼看爸爸，他正在看《曾文正公家書》，一臉正氣，我不敢插嘴。

不去抗戰，也不能進學校，只有去寫父親規定臨摹的九成宮。

村長來了，一個翹著小鬍子的乾老頭兒。我豎起耳朵聽他說什麼。

原來一部分游擊隊留在本村吃晚飯，村長來通知家家送飯。他說四四支隊在附近七、八個村子歇腳，也許今夜不走。

今天村長跟我一塊兒看兵，那個騎馬的人跟村長握過手。村長還自我介紹，說隨時準備效勞。

照老例子，我們這一家分擔五人份的伙食。雖說「我們吃什麼，他們也吃什麼」，沒錢的人家送出去的飯菜不能太壞，怕他們不高興；有錢人家供應的伙食也不能太好，怕他們吃饞了嘴。這也是老規矩，家家心裡明白。

母親說：「我們讓他們吃粽子好了，明天過節，這些人離鄉背井，今天應個景兒。」有好幾個家庭拿出粽子來。粽子送到打麥場上，大漢們睜大了眼睛，聽得出有人嚥唾沫。這些大漢背後插一把大刀，胸前兩枚手榴彈，是清一色的大刀隊。沒看到槍，有點失望，也有點悚然，暗暗擔憂：如果有一枚手榴彈「走火」爆炸了怎麼辦。

一個比我略高半頭的大孩子走過來謝我，他沒有帶刀，也沒有手榴彈，只在肩上掛一隻軍用水壺。他的衣服臃腫，手很熱，大眼睛又黑又精明。我跟大漢心理上有距離，總覺得他們咄咄逼人，尤其那個騎在馬上的人，可以用影子把人壓扁。

我跟這個大孩子馬上混熟了，他說他叫李興，半年前參加游擊隊。

「你們為什麼不趁熱吃？」我指一指粽子。

「等我們司令官來。」他說。「你看見過司令官嗎？」

我搖搖頭。

「他叫石濤。你一定聽說過這個名字。」

我茫然。我只知道明末清初有個畫家叫石濤。

「你要記住這個名字，這個人的名字會寫在抗戰史上。」

他比我大兩歲。他能參加抗戰，我應該也能。為了確定我的想法，我問：「你的年紀這麼小，怎麼敢出來抗戰？」

「小？」他盯住我，使我低頭發窘。「你以為你小？日本鬼子把小孩子挑在刺刀上，再小也不放過！」

我們已經夠大了，敵人的刺刀挑不動我們了。

他輕輕拍我的肩膀，使我恢復自尊：「下一次見面，我希望是在抗戰的部隊裡。」

我思索怎樣實現這個願望，他又說：「你聽，我們司令官來了。」傍晚的鄉村很安靜，能聽見遠遠的馬蹄聲。「他很偉大，吃飯以前，他要到每個村子看看同志們，等到每一個同志嘴裡都嚼飯了，他自己才吃飯。」

他趕快回到那一夥大漢身邊去了。我注意看馬，仍然是那匹馬，馬上仍然是那個人，他圍著村子繞了一圈兒，察看地形，慰勉哨兵，仍然戴著茶色眼鏡。這時夕陽銜山，林下屋角已有暮色，眼鏡的顏色顯得很黑，連人帶馬都神祕起來。

所有的人都仰臉看他，一臉敬畏。

燈下，我有永遠摹不像的歐陽詢，父親有永遠讀不厭的曾文正，而村長有他永遠應付不完的官差。

村長說，游擊隊還沒有離開村子，看樣子，他們也許要宿一夜，村人要有心理準備。

話未說完，燈影下出現了李興。我以為他來投宿，不是，他兩手按在肚子上直不起腰來，嚷肚子痛。我去攙他，看見他額角往下滾汗珠，蒼白的唇直打哆嗦。

「媽！」我情急的叫起來。

我一年四季有肚子痛的毛病，母親有處理這種病的經驗。她左手捧著一堆藥丸，右手端一碗溫開水，讓李興吞下去。

第二步，我搬來兩條長凳，並擺在客廳裡，讓李興躺在上面，解開衣服，露出肚子來。母親取一帖膏藥，在燈火上烤熱了，輕輕揭開，貼在李興的肚臍上，手掌壓下去，揉幾揉。我有經驗，知道膏藥的熱力，手掌的熱心，藥的香味，一齊透入內心，教人想哭。李興的眼角果然滾下幾顆豆大的淚珠。

「你怎麼還穿著棉衣！」母親嚇一跳。

「我冬天從家裡出來，只有這麼一套衣服。」

「你的身材比我孩子大不了多少。他有一套衣服太肥了，你換下來吧。」

「不行，」李興說。「我不能要，這是司令官的規定。我進來穿什麼衣服，出去還得穿什麼衣服。」

母親怔了一下，急忙到燈下去看她的手，用拇指和食指捏住一點什麼，教我掌著燈一同察看李興的衣服，又從李興的肚皮上捏起兩個蝨子。

「你身上全是蝨子。你的棉衣成了蝨子窩。這身衣服非換不可。」

「大娘，不能換，司令官會罰我。」李興的口氣簡直是哀求。

「你們司令官這麼厲害！」母親有些不服氣。「我有辦法，不能讓蝨子吃了你。」吩咐我：「把火盆搬到院子裡，生一盆火！」

她拿一條被單蓋在李興身上，吩咐他：「把棉衣脫下來，我給你拆開，拿掉棉花，改成夾衣。」

我掌著燈，母親在火旁拆衣，一把一把扯下棉絮往火裡丟。棉絮著火，先劈里啪啦響一陣，像一串小小的鞭砲。蝨子在燒死以前，肚皮先炸開。一個蝨子一聲響。接著，火裡升起濁煙，有刺鼻的腥臭。棉絮燒完，棉衣剩下幾張布片，母親把布片放在澡盆裡，把蒸饅頭用的熱水倒下去，殺死蝨子在衣縫裡留下的卵。當年給弟弟烤尿布的竹籠已好久不曾用過，現在又搬出來，把布片烤乾。母親快速工作，轉眼間請來東鄰阿姨，西鄰阿婆，把書桌飯桌都抬到廂房，拼成一個特大的裁縫桌，半打洋燭同時點著，大家趕工縫李興的夾衣。

這天晚上，我跟李興談得很投機。談到興奮處，我的臉發熱，他的臉也褪去蒼白，鼻孔呼呼有風聲。我們談到我的家、他的家，我的母親、他的母親，談我到過的地方、他到過的地方，我的未來和他的未來。

這天晚上，像探險一樣，我走進一個陌生人的世界。

李興沒有父親，從小跟母親種菜過日子，住在菜園中間的小茅屋裡，生活很苦，最苦的是半夜有人來偷菜。

雖說是偷，其實等於公然搶奪，來者是身強力壯的男人，圍著小茅屋挖白菜，拔蘿蔔，腳下踩得苜蓿響。一個寡婦怎敢出門干涉，她只有坐在床上流眼淚，等那陣野蠻的踐踏成為過去，等天亮了再去收拾菜圃裡的狼藉。

他們養了一隻狗，夜晚，狗留在門外看守菜園。半夜從狗吠中驚醒，有恐懼，也有安慰。但是，有一夜，狗在四圍叱罵聲和重擊聲中受了傷，不斷的尖嚎、不斷的衝鋒也不斷逃避。小茅屋裡，母子倆戰戰兢兢，比自己挨刀子還難受。好容易，等騷亂停止，李興的母親點亮油燈，悄悄把房門打開一條縫，狗沒命的鑽進來。半殘的燈火裡，狗流著血看她，她流著淚看那隻狗。

……

這樣的日子怎麼過下去呢？

我覺得我已經不小了，我比一隻狗大得多，可以跟人家拚命了。我到鎮上去買刀。在鎮上碰見我的老師，他知道我的處境，他也看見我的眼裡有火。他說：「刀給我，這把刀會要你的命。」

可是日子怎麼過下去呢？

「你的年紀不算大，也不算小，乾脆去打游擊算了。」老師說：「我可以介紹你進四四支隊。」

「我的母親怎麼辦？」我以為，剩下母親一個人，豈不更受那些人的欺侮？

老師的看法給了我很大的啟示：「你在家，並不能幫助你的母親。你如果離開家去打游擊，你的母親反而有了仗恃。那些游手好閒的人不敢再偷你家的菜，他們怕你有一天騎著高頭大馬回來，用馬鞭抽他們的臉。」

……

第二天夜裡，李興在他母親枕頭底下偷偷塞了一封信。走到菜圃旁邊的小徑上，他拍了拍那隻狗。

說到這裡，李興的眼睛很柔和，聲音也很柔和，跟白天的李興好像是另外一個人。我很喜歡晚上的李興，這天晚上，我不斷的想他，也不斷的想我。

李興看見過日本兵殺人：先強迫待決之囚自己挖好一個坑兒，再強迫那人跪在坑邊，像照鏡子一樣望著坑底。小日本兵站在他背後，雙手掄起軍刀。那個已經知道自己命運的人，閉緊眼睛，等著受死。可是揮刀的人需要對方伸直了脖子挨刀，他早知道應該怎麼做，他的馬靴旁邊已預備好一桶清水。他把軍刀插入水中，迅速提刀，刀尖向下，對準那人的後頸，晶瑩的水珠從刀尖滴下來，流進那人的衣領裡。那個可憐人什麼也不知道，只覺得脖子發涼，就本能的收緊肌肉，既而知道是一場虛驚，又本能的放鬆。這時，他不知不覺伸直了脖子，這時，他頭上的刀勢一變，刀光一閃，突然不見人頭，突然兩肩中間有一個圓形的白色斷痕，突然斷痕變紅，血像泉水湧出，無頭的身體向前傾倒，掉進他自己挖好的坑裡，他的頭顱先在坑裡等他。由軍刀從水桶裡提起，到人頭從脖子處斷落，又快又準，簡直來不及看清楚。

我連一個日本兵也沒看見，只見過他們留下的靴印。

李興玩過游擊隊打鬼子的遊戲，兩隊兒童廝殺，勝的追，敗的逃，一溜煙鑽進茶館的桌子底下。喝茶的顧客喝住孩子們，仔細盤問：

「誰扮游擊隊？」

孩子們從桌子底下鑽出來，挨大人的一頓申斥：

「既然扮了游擊隊，就不該這樣禁不起打。」

扮演日本兵的一方更慘，要不是躲得快，準會每人挨一個耳光。一頓罵當然是免不了的：「沒出息！什麼不好扮，偏要扮日本鬼子！你們既然扮鬼子，就該讓游擊隊打勝，居然有臉追到這裡來！」

我沒有扮演過游擊隊，每天只臨九成宮。

李興進游擊隊不過半年，就立過一次大功。他說：

有一次夜行軍，我們在一條山路上快步行走，路旁山坡長著很深的茅草，草葉在微風裡細碎的響著。走到一個地方，我的心一動，停下來想。

小隊長催我跟上隊伍，我貼近他的耳朵：

「草裡有人。」

「怎麼知道？」小隊長很驚訝。

「風裡有一陣臭味，是一個人正在大便的氣味。」

風是從草頂上吹過來的。小隊長用力吸他的鼻子。他知道，那人蹲在草叢中絕不是為了拉野屎。

小隊長報告中隊長，中隊長又報告大隊長，大隊長說：「也許草裡不止一個人。」他把機槍班從隊伍裡抽出來殿後，命令機槍向草叢掃射。

「饒命！」草叢中有人叫喊。

「繼續掃射！」

機槍向發出叫聲的地方擺頭，吐火舌。

一個人影從草尖上冒出來，高高舉起雙手，但是身體沒法站穩，扭了兩扭，倒進草裡。

「繼續掃射！」

草中再沒有動靜，這才聽見宿鳥驚飛，亂作一團。槍聲的回音向山下的村落人家撲過去，再回到刮人的耳膜。

事後，大隊長當眾把李興大大誇獎一番，說他的機警可以做大家的模範。

唉，我呢？

現在還不參加抗戰，抗戰一旦勝利了，你會後悔一輩子。

我像一個氣球，李興朝我裡面吹氣。吹滿了空氣的氣球再也安靜不下來，只要再吹一口氣，我就要飛、要炸了。

當李興穿好他的「新衣」時，我下了決心，悄悄對他說：「我要參加你們的隊伍。你們離開村子的時候，我跟著走。」

「好！我替你安排！」他伸出手。

「好！謝謝你！」我握住他的手。

一覺醒來，窗紙上灑滿太陽。心裡一急，來不及洗臉就往外跑，暗暗埋怨李興怎麼不來叫我早點兒起身。

打麥場裡人影不見，只有透明的陽光。我暗笑自己的慌張！他們怎會在打麥場裡過夜呢？

正思量到什麼地方去找李興，驀聽得背後有人：

「都走光了？」

「都走光了！」

轉身看見村長和父親站在場邊，指指點點。

「大隊人馬半夜開拔，雞不叫狗不咬，他們好厲害！」父親說。

村長走進打麥場中央，向四處察看：「他們昨天晚上在這裡吃飯，現在你看：地上連一顆飯粒、一片粽葉也沒有，收拾得乾乾淨淨。」他又到場邊圍著草堆走：「連一把草也沒少，地上連一根亂草也不見。他們吃過粽子，把粽葉洗得乾乾淨淨，疊得整整齊齊，還給人家。太厲害啦！」

村長的臉色很沉重。

父親的臉色很沉重。

我讀不懂他們的臉色。我只知道：李興走了！沒有解釋，突然無影無蹤，跟昨天晚上完全連接不起來。我陷入一陣莫名的悵惘……。

青紗帳

在這裡，我要記下我並不喜歡而又終身難忘的兩個人物，一個是游擊隊三九支隊的一位中隊長，他大概姓張，也許姓劉，事隔多年，姓名模糊，掛在他右頰下面的一個血瘤卻愈久愈清晰，像一枚熟透了的茄子沉沉下墜，拉得鼻子眼睛都向右斜去。另一個，綽號「娃娃護兵」，一張娃娃臉，整天揹著盒子砲東奔西走傳達司令官的指示，跟中隊長的交情好極了。我為什麼既不喜歡他們而又忘不了他們呢？那是因為這裡面牽涉到一個女人；是因為夏季華北漫天遍地都是望不盡穿不透的高粱田。說來話長。

那年高粱正在抽穗，我開始了久已躍躍欲式的抗戰經歷。高粱比任何軒昂的大漢還要高，汪洋遍野，裡面藏得下千軍萬馬。這季節，日本兵躲在城裡擦砲，不敢出門，游擊隊趁機會縱橫四方，從一片無涯無際的植物海裡漂游而上，潛隱而去，無所不至，無所不在。那年頭，誰家裡窩藏著一個年輕人是誰家的罪惡，這種壓力把我擠出來，擠進高粱地裡，跟著長工摸摸索索尋找三九支隊的司令部。平時想起來，三九支隊就在眼前，一旦要找它，誰知竟十分艱難，東奔西走，你看見的只是高粱，森嚴羅列的高粱，不透風不透光的高粱，夾壁牆似的高粱，迷宮一般的高粱。高粱圍困我，封鎖我，我屈身在千重青萬重綠解不開掙不脫的包裹裡，跟世界隔絕。我懷疑我置身另一空間，永遠找不到三九支隊，也許等我衝出網羅，世界已經變了樣子，也許抗戰勝利，也許所有的游擊隊都已解甲歸田。也許根本沒有三九支隊，根本沒有抗戰，所有的只是高粱，高粱，高粱。

中隊長是一個黑黝黝的漢子，依鄉村的標準看，他算是一個胖子。他的右腮掛著一個軟皮的瘤，像是口袋裡咬著一個錢袋。我幾乎在沒有看見他這個人之前，先看見那個著名的血瘤。他說話的時候，用右手托住那東西，以便唇舌運用自如。望著這個人，我心裡有兩個疑問：第一，既然有這麼大的血瘤消耗他的精血營養，他怎麼還能這麼胖？第二，游擊隊經常跟敵人捉迷藏，他拖著這麼大的累贅，怎麼跑得快？可是中隊長用自負的口吻對我說，他是一個優秀的游擊隊員。

「小兄弟，你要處處聽我的話，事事跟我學，你才可以長命百歲，熬到抗戰勝利還活著。司令官交代過，要我收你這個學生，訓練你能游能擊，最不濟事，你也得能游。」

我只有唯唯稱是。

他把我帶到村外，登上一座高崗，望那天連地、地連天的高粱。陽光射在高粱的葉子上，反射成萬點火花，風過處，火花跳躍，幾乎使人睜不開眼睛。他指著一片原野：「你來打游擊，第一件是要學會鑽青紗帳。要做到鑽進去，鑽出來，敵人逮不著你，太陽曬不昏你。你要在裡面分得清東南西北，找得到自己的營房，不要瞎撞到四四支隊去，教人家活埋了！」

「四四支隊？」我吃了一驚，想起這支隊伍在我們莊上住過一宿。那一宿，我結識李興，引發抗戰的衝動。

他沒注意我的震動，揮手說一聲「走！」帶著我下了崗子。我跟他走進高粱地，左轉一個彎，右轉一個彎，小褂兒被汗水浸透了，緊緊貼在前心後背上，好不難受。中隊長倒是一個很認真的教官，他一再糾正我的姿勢，使我在行走中盡量不要碰動高粱稈兒。他教我怎樣利用日影分辨方位。他說，如果渴了，可以找一棵只長葉子不抽穗子的高粱，它的稈兒是甜的。他沾沾自喜地說，如果有人追他，他可以利用高粱稈兒把對方絆倒。他要表演給我看。於是他在前頭跑，我在後面追，他突然蹲了下去，不知怎麼，兩棵高粱橫在我的腳前，我一頭栽下去，滿臉是土。

「好了，今天到此為止。」他把我從地上拉起來。「我走了。你留下，待一會兒自己找路回去。」

望著一排一排高粱稈兒遮沒他的身影，心情輕鬆了許多，脫下了小褂，把汗水擰乾，又用它把身上的汗擦掉，覺得涼爽一些。可是我馬上嘗到孤單的滋味。這是植物的世界，我站在裡面完全是多餘的。我不知自己置身何處，不知該往哪裡走，從一棵一棵高粱的縫隙中遠望，密密麻麻的高粱織成帷幔，你總以為揭開帷幔，到了盡頭，其實一層帷幔後面還是一層帷幔，帷幔後面還有帷幔。

「青紗帳！」這個名字一點也沒有錯！

這是游擊隊天造地設的護身術，一向憑砲兵和騎兵致勝的日本兵，難怪要束手無策。天地茫茫，他的砲往哪兒打！如果他們騎著馬在高粱地理馳騁，單單是高粱稈就可以抽得他鼻青臉腫，高粱葉子會割得他兩臂血痕。每一棵高粱都會監視他，反抗他。對於敵人，每一棵高粱都是猛士，都能捲地而來，一擁而上。

想到這裡，我覺得每一棵高粱，一山一水一樹一木，都無比的親切。敵人連草木都不能征服，又怎能征服山川草木的主人？

突然，帷幔後面傳來了人聲，驚得我汗意全消。我連忙蹲下，傾耳細聽。不錯，前面有人，是中國人。雖然聽不清楚說些什麼，但是可以斷定是中國人的聲音，說的是中國語言。

那麼，四四支隊？

我聽見第二個人的聲音，是個女人。我站起來，沒有什麼可怕的事，男女輕聲細語，情況一定不會嚴重。

鬱悶的空氣裡有一股汗液的氣味，和一陣低低的呻吟。

輕輕向前，揭開一層青紗，地上躺著兩個人，兩個肉體，但是只有一顆頭。在一片青綠的背景下，露著人類血肉獨有的淡紅，顯得特別赤裸。

再揭開一層紗，看得比較清楚，是兩個人，兩個頭，可是只有一個身體。於是我再揭開一層紗。

他們的身體下面鋪著很厚的高粱葉。由於他們多汗的軀幹在上面滾動了很久，斷葉亂七八糟的貼在身上，像是原始人的文飾。

女人長長的黑髮，一半黏在自己的肩上，一半黏在男人背上，在太陽下晶瑩有光。

女人轉頭，在濃黑和濃綠之中，我看見她清澈的眼白。她發現了我，驚慌的推那男人。

男人也看見了我，他跳起來，抓起地上的衣服，像一隻突圍的獸那樣鑽進高粱棵裡，不見了。

剩下的一個也迅速起身，她不逃，朝著我向前一步，帶著滿身的高粱葉，滿身的亂髮，滿臉的汗，也許還有淚，直挺挺的朝我跪下，仰臉看我。

驚慌無措的反倒是我。

我把腳一跺：「你還不快走！」

「我的小爺，你得把衣服給我！」

我這才發覺，無意中把她的衣服踩在腳下了。連忙退後一步，把地上的褲褂踢過去，她雙手抱住。

她倒是不跑，轉身過去，以背向我，舉起雙手整理頭髮，肌肉隨著動作彈動，看得我心驚肉跳。她又從容揭掉貼肉的高粱葉，凡是頭髮和高粱葉壓過的地方，特別紅豔，像是一道一道的鞭痕。我立刻斷定她受了委屈，在鄉下，很不容易看得到像她這樣姣好的女人，她卻沒有美滿的生活。

她穿好了衣服，去收拾地上的高粱葉，用繩子捆好。我才明白她為什麼不逃，她是藉「打高粱葉」為由出來幽會的，得把這東西帶回去做個證明。她的生活裡面也需要這些東西：編蓆子或著曬乾了引火。

臨走，她狠狠的對我說：

「今天的事，教你撞破了。你要是告訴別人，我就死！」

娃娃護兵往在司令官隔壁的一個小房間。司令官要找他，就用手杖敲牆。

司令官吩咐我在娃娃護兵的房間裡搭幾片木板，住在裡面。有了伴兒，「娃娃」很高興，我在房裡，他可以多偷些時間到外面遊逛。司令官敲牆的時候，我就跑過去應付。

娃娃護兵也常常帶著我四處走動，他說：「你跟我一起，大家知道你是支隊部的人，不再拿你當外人。游擊隊沒有制服，沒有符號，每個人憑一張臉。多露臉，少誤會。」

他有理由。但是跟在他後面，他有一個習慣使我受不了，見了年輕女人，他就露出色鬼的樣子來。

有一次，他跟在一個小媳婦後面叫「嫂子」，嘴裡不乾不淨。小媳婦起初不理他，後來氣極了，回過頭來罵了一聲「不要臉！」雖然罵的不是我，我的臉先紅了，娃娃護兵卻高興萬分，對我說：「罵得好！她肯罵，我就有希望！」

他愛唱小調。有一個小調，他唱得次數最多：

手把著肩膀叫了一聲哥兒啊，
你不要忘了我啊！
手摸著大腿叫了一聲妹兒啊，
誰能忘了誰啊！

有時候，聽來很纏綿，但是他在井旁望著打水的大姑娘唱，腔調就邪淫了。他喜歡到井邊看女人，來打水的女人都年輕。他說，女人使勁提水的時候，他能隔著衣服看清她們全身的肌肉。

一天，井口只有一位姑娘，她聽見娃娃護兵的小調，紅著臉，低著頭，用小碎步回家去了，丟下兩罐清水在井邊沒帶走。我催娃娃護兵離開，他不肯。

「她總要回來找她的水罐子。」他說。

可是她沒有回來。娃娃護兵解開褲子，朝著她留下的水罐裡撒小便。

「你這是幹什麼？」

「過癮！」

我不懂他說什麼，只是覺得可恥。

我們大概是前世冤家。如果不跟他在一起，覺得孤單，跟他在一起，又處處受他連累。

中隊長給我弄到一枝馬槍，五發子彈。馬槍是騎在馬上使用的一種武器，長度比步槍短，重量也比步槍輕，對我這個半大不小的隊員比較適合。

他花了一個小時的工夫教我裝子彈，瞄準，扣扳機，然後說：「行了，今天夜裡，我帶你去放哨。」

放哨！

手裡有了一枝槍，雖然僅僅是五發子彈的馬槍，那滋味真夠刺激，加上放哨，更是興奮得難以入睡。娃娃護兵不知道哪裡去了，我抱槍獨坐，望窗外的一天星月。

人。有了一枝槍以後，跟以前徒手的時候不再是完全相同的一個人。有什麼東西在我的血肉裡作怪。我撫摩著懷裡的槍，任由自己悄悄的膨脹……膨脹……

槍身是那樣可愛的光滑，手握的部分恰恰均勻滿掌，整條槍給你的感覺是柔順服從，它聽命於人，成為人的另一個肢體。我摸遍槍身，到達槍口；在暗黑中，這是深不可測的凶險之地，我好像俯瞰一座隨時可能爆發的火山，惟恐它轟然出聲。我愈看愈怕，愈怕，又愈想多看一眼。

終於，我依照中隊長教導的方式，端平槍身，槍口向前。在我想像中，那懾人心魄的力量，正逼得黑暗步步後退，逼得這小小房間的四壁一丈一丈移開。我是坐在一座大廳的中央，燈火輝煌，不見阻隔。

中隊長，娃娃護兵，我，三個人出來放哨。

「娃娃」在前，中隊長居中，我最後，我們圍著支隊部轉了一圈兒，惹得附近人家狗叫，狗叫引起狗叫，連遠處的狗都在叫，鄰村的狗也叫，叫得人好不心煩。

好在我們的目標不是支部隊。我們登上村前的高崗。

第一個感覺是好涼快！月光星光塗個滿身，每一個毛孔都愉快。

居高臨下，握著槍，品嘗握著權力的滋味，想飛。

高粱是一片銀灰，村莊是一叢黑。人人都睡了，高粱也垂著頭打盹兒。蒼天永遠不睡，俯瞰這季節性的植物海，如抱幼子，宇宙間瀰漫凜不可犯的氣概。

我們離天最近，我們也不睡。我們有凌駕一切之上的驕傲。

這裡也不是目的地，中隊長揮揮手，示意我們跟他走。

娃娃護兵和中隊長並肩，一路交頭接耳，把我撇在後面。

我一個人獨享我自己的祕密樂趣。小時候，家人不准我接觸黑暗，我聽到的次數最多的命令是「那裡很黑，不要去。」黃昏來了，我一步步後退，從城外退到城內，從街道退入家宅，從院子退入室內，退得不甘心，也退得很快，夜是我的監獄，黑暗像一堵牆封死門窗，使我窒息。

我早想在這堵名叫「黑暗」的牆上鑿一個透光的洞。

今晚，我衝破黑暗了，我踐踏黑暗了，我刺透黑暗了！

我有槍，有子彈。子彈比我的手臂長千倍，可以挖出黑暗的心臟，以隆隆巨響宣布黑暗的死訊。

我是手持魔杖遨遊四海的法師。
我如潛艇刺穿了水。
我如飛行員刺穿了大氣。
我像他們一樣快樂。我到底長大了，獨立了！
可憐，我真的獨立了嗎？

中隊長來到一棵大樹底下，站住。
我也在樹下站住。
站在這裡做什麼？我不知道。我想，總有該站住的道理。
他倆盯著一間小茅屋死看。
我也目不轉睛的看。
想看見什麼？我也不知道。
中隊長一拍娃娃護兵的肩膀，往前推他。
他上前敲門。
屋子裡面沒有反應。

他拾起半截磚頭來，敲得比鼓還響。一面敲，一面狠狠的說：「開門！再不開，手榴彈丟進來了！」

「誰呀！」屋裡有女人的聲音。

「查戶口！」娃娃竭力使他的聲音粗暴。

原來放哨還負責戶口，我沒想到。

「等一等！」裡面有些慌張。

娃娃護兵一點不肯放鬆，拿磚頭去砸窗戶，一陣嘩喇嘩喇，窗紙全震破了。

吱呀一聲，開了門，不見有人。中隊長開了腔：

「先把燈點著！」

門裡窗裡飄搖著暗紅色的光燄。中隊長吩咐我：「你在這裡守著！」

他倆一擁而入。隔著窗子。傳來一陣簡短的問答，之後接著是劇烈的爭執。原來小茅屋裡面還有一個人，一個男人，他並不是女人的丈夫。

他是幹什麼的？

「漢奸！」中隊長下了判斷。

這是攸關生命的判斷。那時代，游擊隊在防區內捉到擅自出沒的漢奸，可以就地活埋。

奇怪，這嚴厲的指控提出之後，爭辯反而停止了。如果他是清白的，他應該叫起來。可是，他沒有，她也沒有。一陣沉默。中隊長確已擊中他們的要害。看樣子，他們準備接受命運的一切安排了。

「好吧，」女的說：「你要怎麼辦就怎麼辦。」

「娃娃」招我進屋。「漢奸」，短褲短褂，胸膛敞露，周身五花大綁，繩子把肌肉擠得凸凹不平。女的坐在床上，裡在被單裡，肩膀以上裸露著。

昏沉的燈光射在她身上，變成溫潤的色澤，在這個骯髒紊亂的小茅屋裡，她像是遺失在垃圾堆上的石膏像。

她的目光和我的目光相遇，剎那間，她認出了我，我認出了她。

她就是在青紗帳裡上演的那一幕豔情的女主角。

男主角呢？難道就是他嗎？

我望望他，再望望她，她的眼裡突然露出鄙夷不屑的神氣，轉臉看牆。

我像挨了耳光一樣沮喪。

我自問沒有得罪她，我自問一向對她懷著善意，我自問一切都不是我的錯，她為什麼要侮辱我呢？

糊裡糊塗中，娃娃護兵匆匆把一樣東西放在我的手裡，我糊裡糊塗握牢了，糊裡糊塗連同那個男人一齊被他推出門外。

門關了，我弄清楚手裡握住一根繩子，繩子的一端捆著那個男人。

我想起，當「娃娃」推我出門的時候，中隊長說過「把他拴在樹上！」

我像拴牛一樣拴他。他說：

「小兄弟，放開我吧，我以後絕不再來。」

「你是漢奸，怎麼能放你！」一提起「漢奸」，我又挺起胸膛來。

第一天放哨就捉到漢奸，太美妙了！等我老了，我要把今晚的事講給下一代聽，讓他們睜大了眼睛羨慕我。

明天，整個支部隊，整個大隊，都會知道我親手把一個大漢奸拴在樹上，我一定立刻變成一個小英雄。誰還敢再輕視我？

對於立功的人，司令官一向有賞。他大概賞我兩塊袁大頭。兩塊銀幣在口袋裡叮噹摩擦是一件教人開心的事情。不過，我要用這筆錢去買子彈，請中隊長教我打靶。我要練成一個神槍手，一槍打斷一棵高粱。

我正在躊躇滿志，那個名叫「漢奸」的人插進來：

「我想起來了！你就是在高粱田裡撞見我們的那個小兄弟吧？你把我們的事告訴中隊長，又帶著他來欺負人，是不？一個還不夠？還要帶來兩個！你害死人了！年紀這麼輕，怎麼不知道積德呢？」

聽得出來他在罵我。一個「漢奸」還敢這樣沒禮貌！我知道，漢奸，尤其是捆成一團的漢奸，你儘管打，我狠狠用槍托搗他。

「你這個小傻子！」那人卻並不怕打。「你以後會長大，你以後會懂事。等你懂事了，你就知道我並不是漢奸。傻瓜，你怎麼不想想，他們兩個關起門來在裡面幹什麼？」

是啊，他倆怎麼還不出來呢？

門關得緊緊的。

窗櫺一片黑，燈早已熄了。

月亮西斜，他們出來，中隊長對「娃娃護兵」說：「放了他。」

「娃娃」對我說：「放了他！」

我說：「他是漢奸！」

「娃娃」不理我，自己動手解繩子。

我望望中隊長，中隊長望天，一隻手托住血瘤。

在「娃娃」鬆綁的時候，那人沒命地說：「謝謝，謝謝。」繩子掉在地上，那人摩擦兩臂，抖動雙腿，活動血脈。中隊長開腔了，眼睛仍望天：「你還不快滾？」

「是，是，」他是四肢能夠伸屈自如了，跪下磕了一個頭。

「這兒不許你再來！」

「是！我再也不來。」

望著他的背影，我著了急，一把拉住娃娃：「你怎麼把漢奸放了？」

「誰說他是漢奸？」

「中隊長說的呀！」

「我並沒有說他一定是個漢奸，」中隊長接過去：「我只是說，他有嫌疑。現在查清楚了，他並不是。好了，回去吧！」

回程中，我一路悶悶不樂。漁夫看見大魚破網而出，大概就是這種心情。我總覺得那人是漢奸，不該釋放。

娃娃護兵連盒子砲都沒解下來，就把身體拋在床上，心滿意足的說：

「今天夜裡，我幫中隊長報了仇。」

「報仇？」

「有一次，中隊長獨自一個去找那個小娘兒，被人家伸手抓住了瘤子，一動也不能動。今天夜裡，哈！」

朦朧中，有誰在說：「快去看看啊，那小寡婦自殺了！」在半睡半醒中聽來，聲調十分怪異。

我一躍而起，門外已被陽光烤得很熱。隊員們三三兩兩朝同一方向走去。

「她在自己屋子裡上吊死了，真可惜，那麼漂亮！」

「去看看吧，這是最後一眼了！」

我緊跟在他們後面，想看個究竟。我望見大樹旁邊的小茅屋，停住腳步。無須再往前走了，我已經知道死者是誰。

我現在才知道她是個寡婦！

她一定恨我。在青紗帳裡，她狠狠的說過：「今天的事，你要是告訴了別人，我就死！」她，還有「漢奸」，都以為是我搗的鬼。冤枉啊，冤枉！天曉得，地曉得！我得買香、買紙，到她墳上祝告，請她去問問天，問問地！

敵人的朋友

「自掘墳墓」，很多人用過這句成語，他們可曾想到，「墳墓」果然由將死者親手挖掘？在抗戰時期，敵後游擊隊對罪犯執行死刑，從不浪費子彈，那時候流行的辦法是活埋。那些莊稼漢喜歡這個辦法，他們給這種辦法取了一個代名，叫做「栽」。

在那個時代，「活埋」是被當作一個「節目」來舉行的。一小隊槍兵，他們是監刑的人，也是行刑的人，押著死囚，招搖過市，由死囚自己扛著挖坑的工具。這個頗不尋常的隊伍引來成群的觀眾，觀眾遠遠跟在後面。然後，是成群的狗。

理想的刑場有兩個條件：第一要不種莊稼，第二要有一棵大樹。死囚是被繩索綁緊了的，行刑的人使用一種特殊的方法結繩，使他的兩手兩臂可以工作；長長的繩索另一端拴在樹上，使他無法逃亡。

「挖！」帶隊的人下了命令。

監刑的人隨手帶著鞭子，如果死囚拒絕服從，這些莊稼漢就用他們多年來驅策牛馬訓練出來的鞭法，使任何倔強的人馴伏。這時，觀眾可以看見他們預期的第一個高潮。在他們聽來，鞭子的尖梢所爆出來的響聲，比槍聲要悅耳得多。不過這高潮通常並不出現，死囚多半立即奉命行事，絕不遲疑。

死者的工作是挖一個坑，深度恰好托住他的下巴，把頭顱留在坑外。這個坑的面積，又需要他站在坑底掘土時能夠揮動工具。雖然將死者多半也是農民，有多年種樹開溝的經驗，幹起來也很吃力。幸而行刑的人頗為慈善，會給他一個短柄的銳利鐵器，縮短他的工時。

看哪，他挖得多麼勇敢，多麼努力！

看哪，他的手心磨破了，木柄上有他的汗也有他的血。看哪，從他額上串珠而下的是他的汗，不是淚。他的淚都化成了汗。……

坑挖得差不多了。

「等一等，你站直身子比比看。……再挖三寸。」

等到領隊的人說：「好了，不要動！」死囚的手腳又被綁得牢牢的，全身上下綁成一根肉棍。行刑的手法真和栽植樹苗相近，人插下去，四面填土，幾十隻腳在鬆軟的土壤上加壓擠緊。填平了，地面上只露著一顆腦袋，確實像是栽在那兒的一根肉樁。

這顆頭顱，哪裡還是萬物之靈至尊的表記？他浮腫了，膨脹了。他逐漸不能呼吸，血液向頭部集中，一張臉變成彈指可破的氣球。他的嘴唇向外翻轉，舌頭拖得很長，舌尖沾土，眼珠從眼眶裡跳出來，掛在鼻子兩邊。這時候，觀眾知道他已不足為害，就密集的聚攏過來，圍成一個圓圈兒，仔細看這第二個高潮。他們的狗也擠過來，朝著人頭伸長了舌頭打轉兒。

行刑的那一小隊人馬裡面，有一個真正的專家，他的腰帶裡插著一把小小的鐵錘。他的工作是，最後在那顆擺在地面上的頭顱頂端找一個標準的位置，猛敲一下。他敲得不偏不倚，不輕不重，恰好在正上方造成一個小洞。走投無路的血液，從這裡找到出口，一條紅蛇竄出來，嘶嘶有聲。只要這個專家不曾失手，血液會從小孔裡先抽出一根細長的莖，再在頂端綻一朵半放的花。死囚在提供了最後最可觀的景色之後，紅腫消褪，眼球又縮進眼眶內。群犬一擁齊上，人們則向相反的方向走散，一面走，一面紛紛議論，稱讚最後一擊的手法乾淨俐落。

三九支隊的司令官是一個慈善和藹的紳士，從來沒有下過「栽人」的命令，他的部下閒談時，總覺得在這方面未免太不如人。我當初到三九支隊報到。一眼看見個面團團沒有鬍鬚的中年胖子坐在那兒，幾乎以為是個兒孫滿堂的祖母，一點也不像兵凶戰危的指揮官。他賣地買槍，毀家救國，部下從沒看見他發過脾氣。

「慈不帶兵，司令官早晚要開殺戒。」他的部下在嚮往殺戮流血的刺激時，總是這樣判斷。

司令官懂得很多事情：他懂得孔子和老子，年命和風水，把脈和看相，這幾天，他很注意別人的臉，有人從他面前走過，他總要仔細端詳幾眼。

「你有什麼地方不舒服嗎？」他問中隊長。

「啊，沒有。」

有一天，他問大隊長：

「你看，敵人會不會來摸我們？」

「這……這，怎麼會？」他說話有點口吃。「現在到處有青紗帳，是敵人挨……打的時候。」大隊長覺得奇怪：「團長怎麼想到這……這個問題？」

司令官以前的名義是團長，大隊長還是沿用老稱呼，他惟恐自己一時口舌不靈，「司……司……」的怪難聽。

「我看隊上有幾個人的氣色很壞，好像大禍臨頭的樣子。」他慢條斯理的說。

「哦！」大隊長恍然，聲音裡有些不以為然。

「大兵之後，必有凶年，也許會有傳染病。」司令官推演他的理論。「告訴他們，飲食小心。」

東，東，司令官用手杖敲牆。「娃娃」不在屋子裡，我跑過去。

「娃娃又跑到哪裡去了？」不等我編好謊言，他又追問一句：「他近來常常不在屋子裡，幹什麼去了？」

我很難啟齒，我不能告訴他，娃娃跟中隊長到處遊蕩。

「你告訴他，他的相正要走霉運，教他處處小心自愛。」司令官好像知道一些什麼。

娃娃哪裡肯聽這些話，這天夜裡，他整夜沒有回來。

夜不歸營是一件大事，第二天引起整上午的議論，而且，大家發現中隊長也不見了。

這兩個人，經常聯手去做別人不敢做的事，半夜出出入入習以為常，可是，吃午飯的時候還不見影兒就教人覺得可怕。如果從此不能回來，外面的風險可怕；如果下午回來了，內部的紀律可怕。

到處都是青紗帳。青紗帳這玩藝兒，固然給你一些安全感，同時也使你心驚肉跳，對外面的世界興起陣陣猜疑。它是一件緊身馬甲，貼在身上，保護你，也使你呼吸困難。

尤其到了夜間，黑森林一樣的高粱地就是一座大陷阱。就算要做亡命之徒，也犯不著半夜三更到迷魂陣裡去探險啊！

他們不是傻子，不會那樣做。

也許，這兩個人逃走了，脫離了三九支隊，不再回來。

到哪裡去了呢？

去投鬼子啊！

投鬼子有什麼好處？

玩女人方便啊！那是兩隻吃屎的狗，當然要進廁所。

人多，什麼樣的意見都有人提得出來。中隊長和娃娃都跟司令官有幾代的關係，多數人判斷他們不會背叛。

他們恐怕被別的游擊隊抓起來了。中隊長拖著大瘤子，跑不快；娃娃帶著槍，跑不掉。說起來，大家都是抗日武力，這樣會傷和氣，可是娃娃隨身帶那麼好的一枝槍，任何一個懂槍的人見了都會眼紅。

那是一把德國造的自來得手槍，一次可以連發二十粒子彈，還是新槍，槍身閃著藍色的光澤，槍口只吞得下半個子彈頭。兩百發子彈粒粒一塵不染，每一粒都上過天平，重量相等，連發時從不啞火，從不故障。槍聲特別清脆，教人聽了心癢忘死。這把槍是稀有的寶貝，司令官說要是丟了它，等於丟了半條命。

娃娃會回來，可是槍不會跟他一塊兒回來。這一派意見占了上風。

失槍的娃娃，還敢不敢回來？

我躺在床上想娃娃的相貌，想來想去，一副討人喜歡的天真模樣。司令官說他走霉運，我一點也看不出來。

隔壁司令官那兒突然有人嚎啕大哭，我嚇了一跳，我得跑去看看。

一個人跪在司令官腳前，渾身泥汙，哭得兩肩聳動。誰說司令官不會發脾氣？他猛拍桌子大罵「混蛋」，一腳把那人踢翻在地上。

他是娃娃！

司令官氣呼呼地站起來，嚇得我縮回自己的屋子，耳朵貼在牆上偷聽。

娃娃狼狽地回來，被許多人看見了，我的小屋裡擠滿了來「聽」熱鬧的人。

「到底是怎麼一回事，你老——老實——實講出來。」大隊長的聲音加入。「對團……長講話，不要隱瞞。」

一種混合著悲痛和恐怖的叫喊震撼了所有的人：「中隊長教人家栽了！」

片刻，隔壁沒有聲音。我相信司令官和大隊長的臉色都慘白。

「誰幹的？」司令官的聲音變了調。

「四四支隊。」

「我跟他們井水不犯河水，怎麼會？」

「中隊長帶我到前村去，跟他們撞上了。我們不知道那裡有四四支隊的人。」

「這麼說，四四支隊向我們這邊兒擴充了？」這句話好像是對大隊長說的。然後，「你們到前村去幹什麼？」

娃娃又哭起來。司令官用手杖抽他，手杖清晰的折斷了，半截掉在地上。

「你不要怕，」大隊長說。「你要一五一十詳詳細細告訴團長，到底發生了什麼事。團長知道了，好決定怎麼應付。應付情況是大事，打你是小事。」在這緊要關頭。大隊長的舌頭忽然不打結了，他說得很慢，很吃力，但是聽起來很誠懇。上面幾句話隱隱規勸司令官，好像立時發生了作用。「你說實話，可以將功折罪。你要是欺騙團長，那反而……反而……害了大家。」

司令官沉默了一下，把場面交給大隊長繼續處理，自己在一旁靜聽。

我們該死。中隊長看見有個新娘子騎著小毛驢進了前村，細腰在驢背上一扭一扭挺好看。他對我說：「上！」該死！我糊裡糊塗跟上去了。

進了小媳婦的家，中隊長覺得什麼地方不對勁兒，伸手說：「槍給我。」我倒不覺得怎麼樣，他說有人堵住了大門。他向大門口打了一梭子，帶著我翻後牆。我上了牆頂一看，不得了，房子四周都是人頭。我倆沒命的跑，要命的是，後牆外面是一片樹林，沒有高粱，想逃沒那麼容易。中隊長說：「我們分開，你奔東，我往西。」話沒說完，他又打了一梭子。

他拿著槍，丟下我，逃走了。我沒有辦法，爬到一棵大樹上躲起來。他們在樹下經過，沒抬起頭來看。我想：沒事了，躲到天黑，溜下樹來，往青紗帳裡一鑽，再摸路回隊吧。

誰知道，頓把飯的工夫，他們又回到樹林裡來，手裡牽著一個五花大綁的人。我一眼就認出來，中隊長落在他們手裡了，老遠看見他臉上一個大瘤子晃來晃去。

那麼多的樹，偏偏揀上我藏身的這一棵。他們把中隊長拴在樹上，教他挖坑。

我看得清清楚楚，他一下一下挖得好快……

娃娃又嚎啕大哭。

大隊長很有耐心的問：「你究竟看清楚了沒有？中隊長也許還沒死。」

「死了！死了！填土以後，他的瘤子脹得好大好大，好像他有兩個頭，第二個頭比第一個頭還大。最後那一錘，沒有敲在正當中，血是斜著噴出來的，噴在樹幹上。我從樹上爬下來的時候，染在我的衣服上。」

大隊長默然。既然噴過血是一定活不成了。

司令官吼起來。

「四四支隊豈有此理！大家都在抗戰，他們這樣不講交情！咱們一報還一報：大隊長，你去抓四四支隊一個人來！要快！」

大隊長派出兩支人馬，一支去找中隊長的屍首，一支「摸」進前村，架回來四四支隊一個隊員。這人正在農家教孩子們唱歌，冷不防背後有人掐住他的脖子。

別看游擊隊因陋就簡，一間囚室是少不了的。囚室的條件是高而有梁，可以把犯人吊起來。司令官說：「吊他一夜，明天栽掉，不必帶來見我。」

好極了！司令官要栽人了，大家有熱鬧看了。剎那間，眾人臉上泛起興奮的顏色。這裡那裡，人成撮成堆，談論他以前聽到的或見到的栽人場面，指手畫腳，口沫橫飛。

問題是，由誰來執行呢？

大隊長，司令官的意思是。

大隊長立時口吃得厲害。「團……長！我家幾代……代……代……都是種田的，栽……樹栽……花栽……莊稼，從來沒沒沒栽過人。」

「現在你是抗戰的大隊長，」司令官說。「賣什麼，吆喝什麼。唱什麼戲，演什麼角兒，到了該栽人的時候，就栽。」

「團長！我我的心心沒那麼狠——，手沒沒有那那麼——辣，我怕傷……傷……傷德啊！」

「你這是什麼話！人家無緣無故栽了咱們一個人，這個仇不報，三九支隊就從此沒氣了。你身為大隊長，應該身先士卒！」

「團長，我實在做不來，」大隊長的聲音痛苦之至。「您就免免免……了我這個大……隊長吧！」

「廢話！沒出息！」司令官想了一想：「這樣吧！我不難為你。你去找行刑的人，叫他們自告奮勇，誰願意幹，我有賞，每人十塊大頭。」

大隊長千恩萬謝。

賞格懸出來，沒人應徵。

隊上有個賭博輸急了的人，想賺這筆錢。贏家把他拉到僻靜地方，狠狠數落了一頓。「栽人這玩藝兒，看看熱鬧挺不錯，要是咱們下了手，以後怎麼做人？算了，那筆賭帳咱們一筆勾銷，你我兩不欠，你犯不著為這個跳牆。」

司令官左等右等，等得不耐煩，我聽見他捶著桌子歎氣。

「咱們三九支隊沒有人！人家辦得到的，咱們辦不到。三九支隊這樣混下去，還能成什麼氣候？」

大隊長唯唯。

「我要是年輕十歲，一定親手埋了他！」司令官聲中帶恨。

大隊長又唯唯。

然後，良久，寂然無聲。大概是相對無言吧！

我們跟吊人的屋子叫拘留所。

拘留所的門沒有上鎖，一推就推開了，大家相信吊在梁下的囚犯跑不了。

一股刺鼻的腥臭撲面而來。我知道，拘留所裡沒有馬桶，囚犯整天和他的便溺在一起。拘留所沒有窗子，屋內一片黑。推開門之後，近門的區域才有光亮。那吊著的人，像盪秋千一樣從光亮裡飄過，又在昏黑裡變得模糊。

我的來意是想打聽這個屬於四四支隊的人認識李興嗎？李興現在怎樣了，李興雖然只在我家待過一晚，我一直把他當作朋友，聽見「四四」這個數目字，就要想起他。

「李興，我也參加抗戰了。」我希望他直接、間接能聽到這句話。

從走進三九支隊的那天起，我在想像中一直跟李興手拉著手。

我是帶我的馬槍來的，我想，囚犯一定很凶橫，得有一件可以壓住他的東西。

我沒見過吊起來的人。這人身體懸空，腳尖點地，可是高度恰恰使他無法站穩。為了減輕懸吊的痛苦，他豎起腳面，拉直身子，希望用腳尖承擔體重，可是，腳尖輕輕的在地上點一下，反而把身體盪開了。

他必須忍受，等下一個機會，等繩索垂直、腳尖離地面最近的時候。

然後又是飄盪，畫著弧形飄盪。

一夜飄盪，他畫了一夜的圓圈兒。難以忍受的痛苦，使他一次又一次排出大便、小便。便溺落在他盪過的軌道上，畫出一個骯髒而殘酷的圓周來。

沒有想到是這幅景象，我嚇了一跳。

然後，我簡直嚇壞了，當他再盪過來的時候，我看清楚了，他就是李興！

「李興！李興！」我喊，他睜開眼睛。不錯，正是他！

我放下槍，抱住他，忘了骯髒。

「你去找一塊磚頭來。」他呻吟著說。

我拿一塊磚頭放在他的腳底下，他停止飄盪，身體也不再拉得那麼長。

我激動得頭昏，動手解繩子，看見他的腕部被繩索磨擦得露出血來，心裡一陣酸楚。

繩子解開，他倒下來，躺在他自己的糞便上喘息，骨碌著逐漸恢復神采的大眼睛。

他曾經滾動著這雙眼睛告訴我許多話。他曾經用低訴的語氣，敘說抗戰帶給他的興奮。

他曾經提到，他有一個茹苦含辛的母親。他的家庭是一縷將熄的餘燼，而他是唯一在風中閃耀的火星。

現在，我們要活埋他！

「李大哥，怎麼辦啊！」我很著急。

他坐起來。「沒什麼，這是誤會。」

「誤會？」我不大明白他的意思。

他站起來。「帶我去見司令官。」

「可是，你身上這樣髒？……」

「先找水洗一洗。」

那得有很多很多水才行。村外有一條小溪，可以洗他，加上他的衣服。

「你能走嗎？」

「我能！」說著，他掙扎著出門，我覺得他需要一根枴杖，就把馬槍交給他拄著。

溪水可愛，裡面有樹的影子，雲的影子，還有高粱的影子。

村子裡面一切都是舊的，連兒童都像是破舊的玩偶。可是村子外面，植物、溪水，都煥然一新。

李興跳進水裡，脫他的衣服，露出日漸隆起的肌肉，露出紫色的紅色的傷痕。水弄痛了他，扭曲了他的臉孔。

「李大哥，別這樣好不好？」我坐在大石上看他。

「我怎麼啦？」

「你咬牙切齒的樣子。」

「我倒不覺得。」

他先揉洗衣服，後擦身體。

「李大哥，伯母好嗎？」

「你說誰？」他愕然。

「伯母，」看樣子，我還得再加一句：「你的母親。」

「啊，現在哪有工夫管她。」

唯一的話題斷了，只好沉默。

他從水裡出來，需要我幫忙擰掉衣服上的水。我們分別握住衣服的兩端，用力旋轉，——不敢太用力，怕衣服的質料禁不起。濕衣冷冷的，但是我覺得我們又恢復了聯繫。

他慢慢把濕衣穿好，擰著他的臉孔忍痛。

我非常同情的望著他，心裡想著怎樣安慰他，怎樣幫助他，一時想不出頭緒來。冷不防他一轉身抓起靠在大石旁邊的馬槍，嘩喇一聲，子彈上膛。

槍口對準我，仇恨的眼睛也對準我，我看見三個危險的洞，深入我的骨髓。

「為什麼？我們是朋友。」我說。

「你們是我的敵人。」他像水一樣冷，比水堅硬。

「不對，我是你的朋友。」我強調。

「你是敵人的朋友，敵人的朋友也是敵人。」

我還能說什麼？呆呆的望著他退入青紗帳中，隱沒了。

我栽在溪邊，寸步難移，恨不得化成一棵樹。

一時之間，我非常非常想念李興，從前的李興，那天夜間躺在我家的李興。

天才新聞

「天地是一個甕，我們在甕底，敵人在甕口。」第一個說這句話的人是天才，第二個以至第無數個說這句話的人是憂國憂時悶悶不樂的人。

可不是？儘管天地之大，游擊隊任意縱橫，可是人心總有些悶得慌，不知道抗戰的局勢到底怎樣了。

戰爭，當機關槍聲像大年夜的爆竹一樣響著的時候，你確實置身其中。後來，槍聲隱沒，你還可以從傷兵、難民、商旅身上嗅到戰火的氣味。可是再過兩年，第一線在一個省又一個省外，在一座山又一座山外，戰爭在你心目中就顯得難以想像的渺茫了。

儘管雲淡風輕，你總覺得有一種沉重壓在心頭，有一股什麼暗中進行，它日益逼近，攪亂你的寧靜。

哪一天勝利？

好日子什麼時候會來？……

這些強烈的念頭藏在心裡，說不出來。能夠說的，是半隱半現的一句話：

「有什麼新聞？」兩人見面，總有一個要這樣問。

正在割草的農夫，想到這裡，突然心頭一緊，鐮刀在草根上停住了。

正在刺繡的大姑娘，想到這裡，突然指頭一軟，針尖在鴛鴦的翅膀上停住了。

看書的人，想到這裡，突然眼底一陣模糊，指頭按在斷句的地方停住了。

飲酒的人，想到這裡，突然血管發熱，筷子指著肉塊，停住了。

人們，不知什麼時候會突然想到那個既令人興奮又令人哀愁的問題，暫時忘掉此外的一切。

要是同一天，同一時刻，那個強烈的意念一齊湧上每個人的心頭，那會有一個靜止的世界。在幾秒鐘之內，人人雕成塑成一般固定在那兒。甚至風息、蟬啞、鳥墜、雲凝。

要是那樣，好日子釘死在天外，也永不會來。

所以，幾秒鐘以後，斧頭還是要劈下去，火焰還是要點燃，種子還是種下去，長出苗來。這樣，人們就會覺得好日子也一寸寸移近。

等呀，等呀，等。

實在等得心焦，有教養的人就在家裡打孩子的屁股，那些粗鄙無文的，就反覆的唱他們的小調：

青山在，綠水在，冤家不在。
風常來，雨常來，情人不來。
災不害，病不害，相思常害。
我，倚定著門兒。
手托著腮兒，
想我的人兒，
淚珠兒汪汪滴滿了東洋海！

然後，見到從城裡來的人，從小酒館裡來的人，「趕集」買東西回來的人，必定要問：「有什麼新聞？」

有一個老頭兒，半夜捶床大哭，闔家驚醒，環立床側。

「不得了！」老頭兒說：「我夢見中央軍打敗了！」

那時，人們相信夢境是神靈的預言，對這個傷心驚恐的老人，都有些手足無措。倒是他的老伴兒有個主意，安慰他：「不要緊，夢死得生，你夢見中央軍打敗了，那一定是中央軍打勝了。」

全家附和，老翁漸漸鎮靜下來，再度睡去。

黎明，老翁又嚎啕起來，他嚷著：

「不得了，不得了，我又作了一個夢，夢見中央軍打勝了！」

那年代，我見過一個教書先生，啣著長長的旱煙袋，一本正經告訴他的鄰居：

「我們這一輩為人，脖子一定特別長。」

「為什麼？」

「天天伸著脖子盼望勝利，把脖子拉長了呀！」

高粱開始收割，大地像剛剛剃過幾刀的頭顱一樣難看，而我們游擊隊則感覺什麼人在剝我們的衣服，剝下一件又一件，直到赤裸暴露。

日本的騎兵，汽車車隊，又常常在公路上出現，他們還是很小心，從不踏上支線小路。

有一個農夫，彎著腰在田裡工作，沒有發覺一小隊黃呢軍服黑皮靴的人馬在公路上流動。空氣裡有撕裂的聲音，子彈擊中他的前胸。

他的兒子在旁邊另一塊田裡工作，抬頭看見父親的身體搖擺扭動，舞著手臂想從空氣裡捏住自己的生命，就丟下農具，跑過來扶持。淒厲尖銳的聲音又響了一次，年輕的農夫在中途應聲而倒。

這是今年砍倒青紗帳後由敵人造成的第一件血案，在這個最需要新聞的社會裡，一件最不需要的新聞立即傳遍。

中隊長死了，沒有人訓練我。我又丟了槍，換來大隊長一雙白眼。我感到日長似歲的寂寞。寫點什麼可以打發時間。我本來是喜歡寫點什麼的。

每隔五天，十里以外的曠野裡出現大規模的臨時市場，活動攤販和顧客從四鄉麕集而來，非常熱鬧。我去買了幾張八開的白報紙，仿照報紙編排的方式，把兩個農夫慘死的新聞做成一個「頭條」。

我曾是《上海新聞報》的小讀者，對「版面」略有認識，「頭條」之外，加上一個「邊欄」。我在邊欄裡提出一個問題：敵兵在一里以外舉槍射擊，彈無虛發，而且一律擊中前胸要害，為什麼這樣準確？怎樣訓練得來？我們游擊健兒可有這樣良好的槍法？怎樣加緊趕上？

頭條和邊欄之外，版面上還有一大片空白。我興致勃勃的往裡面填字：

我說，高粱已經收割了，根據往年的經驗，鬼子又要清鄉掃蕩。

我說，敵人正從附近各城抽調兵力，準備大舉進攻，而我們各游擊部隊也要聯合起來，予以迎頭痛擊。

我指出，敵人散布的口頭禪：「游擊游擊，游而不擊」，實在是游擊武力的恥辱。因此各游擊部隊的首長一塊兒開會，決心要給敵人一點顏色看看。

我們在學校裡的時候，跟手鈔本叫做「肉版」。我把這張肉版的報紙貼在床頭，心裡十分得意。

隊友紛紛到我的小屋裡來「看報」，驚動了大隊長。

大隊長沒收了我的「報紙」，用他細長堅硬的指頭戳我的額角，大吼：「啊你，啊你，啊你，不知死活！」吼一句，戳一下。

在那樣狹小的屋子裡，我簡直無從躲閃。

我希望馬上弄清楚錯在哪裡，可我愈急，他愈說不出來。

良久，我懂了，他的意思是，如果敵人來到這個村子，如果他們發現了我鬼畫的玩藝兒，他們就會一把火把村子燒得乾乾淨淨。那樣，就是我害了全村的人。

我實在沒想到，我會是這樣一個嫌疑犯。

大隊長去後，司令官召喚我，手裡拿著我的「罪狀」，大隊長坐在他旁邊。不用說，大隊長進一步檢舉了我。

對於我，大隊長裝作沒有看見的樣子，司令官的眼神卻非常柔和，以致顯得他比平時更胖，臉孔更圓。他說：「你很有才氣！」

他指示我坐在身旁。意外的責罵後緊接著是意外的獎勉，令我一時難以適應。

司令官的聲音很誠懇，他說：「你是個拿筆的人，拿筆的人不一定要拿槍。你拿筆比拿槍好。以後，你乾脆拿筆。」

我不明白這是什麼意思。他又說：

「我們需要這樣一份報紙，你來編，大隊長來監督。」

大隊長哼了一聲，用他的白眼狠狠瞪了我一下，起身走出室外。我第一次發覺他的腮上雖然沒有掛著瘤子，他的嘴角卻也斜向一邊，跟生瘤的中隊長一模一樣。

由於中隊長已經死了，大隊長的這個表情，使我打了一個寒噤。

司令官不管這些，他用心批評我的報紙。他說：「新聞寫得很好。你提出槍法訓練的問題，也很有意思。你還可以多寫一點，你可以寫，日本軍隊訓練槍法，是用從中國偷去的計畫和方法。中央正規軍的槍法比日本兵的槍法更高。在戰場上，日本兵伏在地上，國軍可以開槍打中他們的眼睛。近來，在戰場上陣亡的日兵，大部分是左眼中彈，貫穿頭顱。」

我說，我不知道這件事。

他說：「你可以想，你有天才。我們用天才抗戰，當然也可以用天才編報。」

然後，他指著各游擊隊可能聯合作戰的一段：「你不要這樣寫，不能把謠言造到我的身上來。」他輕輕的歎一口氣：「游擊武力人多勢眾，毛病就在不能團結。你說要聯合作戰，也沒有人相信。但願我們作戰的時候沒有人在後面扯腿，就很不錯了！」

他拿出一塊「大頭」來，放在桌上，說：「這是我發給你的獎金。」再拿出兩塊「大頭」來：「用這兩塊錢去買油印機，買油墨，買紙。我另外給你找一間房子，做你編報印報的地方。我們的報就叫『新聞』，這個名字響亮得很。」

新聞，新聞，我到哪兒去找新聞呢？

連作夢都是找新聞。我夢見在前線採訪，槍聲像收報機一樣響著，轟隆一聲砲彈在我胯下爆炸，我隨著泥土硝煙沖上雲霄，跟我軍的一架轟炸機擦身相遇，駕駛員伸出粗大的胳膊來，一下子把我拖進機艙。

我夢見在一個什麼地方看見成堆的文件，成堆的新聞，每一個字都是新聞，匆匆閱讀，匆匆醒來，什麼也不記得。

我夢見……

這些，都不能寫。

寫新聞，是寫別人的夢，不是寫自己的夢。

我去找「參謀長」。

十里外的小鎮上有一個人，在國軍裡面做過參謀，「參謀長」是他的綽號。

到小鎮去的路愈走愈寬，牛車和挑擔的客旅愈多。抗戰第二年，千里而來的「參謀長」跟著他的部隊在這條路上走來走去，他家裡的人卻不知道離家多年的遊子如今近在咫尺。

事後，大家知道這件事，談論了一陣子。司令官那時候做鄉長，他說：「從前讀書，讀到大禹三過其門而不入，總不相信，現在看起來，半點也不假！」他對這個青年人很有好感。

到了鎮上，我找一家沒有名稱的雜貨店。戰爭把「參謀長」弄成癱子。他躺在屍堆裡，他的部隊以為他死了，沒有找他，敵人也以為他死了，沒有再用刺刀戳他。他自己知道他還活著，還得活下去，也知道老家就在戰場邊緣。遠遠的從敞開的店門裡面，我看見他。他坐著，據守一張帳桌。就這樣，他整天坐在帳桌後面，看《三國演義》、《七俠五義》，有人進門，他頭也不抬，口裡說：「要買什麼，自己拿。」他經營的是此地獨一無二的「自己拿」的商店。

看起來，他的精神很好。不過他從死神手中脫身時可不同，渾身是血，戰友的血和敵人的血，血把他的頭髮結成一頂難看的帽子，血浸透了衣服，凝固了，前襟後背不見布料，只見兩大片血塊。他到哪裡，哪裡捲起一股腥風，人未見，蒼蠅先到，人去後，成團的蒼蠅還在腥空氣裡打轉兒。

鄉下有一種搬運堆肥的籮筐。好心人把他放在籮筐裡，抬著送回來。他估量自己家境窮困，沒法養活一個廢人，就央告好心人一逕送到鄉長的大門口。鄉長，也就是現在的司令官，派人把他收拾得乾乾淨淨，給他資本，教他做小生意。

看見我，放下書，親熱得很。我是三九支隊的人，這是他感激司令官的表示。

「參謀長，生意好？」

「還不錯。我做的是獨門生意，這裡沒人好意思再開第二家。——你吸菸？」

「不。」

「不吸菸的客人難招待。喜歡吃什麼？自己拿。」

我什麼也不吃。我說：「我來找新聞。」

「很多人來向我打聽新聞。我只有一句話：鬼子侵略中國一定失敗。我怎麼知道的？老天爺告訴我的。這是天理。」

我提出在路上想好了的問題：

「中央軍離我們究竟有多遠？」

「最近的距離不過五百里。」

五百里！我嚇了一跳。五百里還是遠在天邊！

「他們什麼時候回來？」

「急什麼！你還這麼年輕！先吃一把花生，再帶一包瓜子回去，三九支隊的人來了，不吃不拿，是瞧不起我！」

五天一次的臨時市場是蒐集新聞的好地方，人們在那裡交換貨物，也交換消息。市場的中心區擠滿了人，人們懷著不同的動機擠成一團，買東西、散步、看熱鬧，或者偷竊。有人牽了一頭驢子通過這個地區，回頭一看手裡只剩下半截韁繩，偷驢賊在人叢中把韁繩割斷，牽走驢子，卻讓他的助手握住繩子，維持曳引的拉力，就像仍然有一匹牲口跟在後面一樣。等真正的驢子走遠了，人樣的牲畜突然放手，一件天衣無縫的竊案就完成了。

市場的外緣，有說書的、治病的、賣酒賣飯的、玩魔術的、練把式的，各人選擇有利的地形，招徠一群觀眾，聚成一個一個衛星。

我從人隙中擠進擠出，想找一點新鮮東西。

有一個人，站在凳子上，手裡捧著一張報紙，念念有詞，一群聽眾圍在凳前，仰臉看他。

原來，這個人在報告新聞！

他說，國軍已經奉到進攻的命令，開始向我們這兒推進，每天七十里。

我的血沸騰起來。每天七十里！一個星期以後，不是就來到了嗎？「參謀長」說過，他們離這裡五百里。

一個頭髮半白的太太叫起來：

「有沒有九十二軍？我的兒子在九十二軍。」

那人不慌不忙反問：「打鬼子，三個軍五個軍就夠了，還用得著九十二軍？」

兩句話，引得做母親的擦不完她的熱淚。

那人戴一頂舊呢帽，留著小鬍子，短小的身材穿一件短小的破西裝，站在高處，看來像個侏儒。但是人人相信他的話，在聽眾眼中，他的形象高大。

我豎起腳尖，想仔細看一看他手中的報紙。一點也不錯，那是一張報紙，但是我一個字也看不清楚，報紙在他手中摺成一本書那麼小，捧在空中，一個人獨自享用。

聽眾愈圍愈多，他掃視全場小心翼翼的把報紙裝進胸前的口袋裡，跳下凳子，摘下呢帽，把帽子反過來，走近眾人。

大家知道他要收錢，三三兩兩離開，散去一半。停在原地不走的人摸索口袋，準備給他一點報酬。

我沒有朝帽子裡丟錢，我也沒走。

收完了錢，他坐在凳子上吸菸，人群散盡，只剩下我。

「你的報紙借給我看看。」我走近他。

「這是我吃飯的玩藝兒，你不能看。」他很傲慢。

我取出一個「大頭」，大模大樣的往他懷裡一丟。

「買你的！」

他伸手接住，翻來覆去的看，表情不變，好像預先知道我拿出來的是一塊鍍銀的鉛餅。等到他把銀元平放在指尖上、用菸嘴輕輕的敲了兩下、傾耳細聽之後，這才敏捷的把錢裝進袋中，站起來，凌厲的看我。

「小兄弟，還有沒有？」

「沒有了。」

他不信，抓住我的臂膀，揉得我一身皺紋，那樣子一半像開玩笑，一半像搶劫。

他沒有找到什麼，仍然抓住我，抓得我很痛。

這時候，一個人走過來，一個穿長衫的人，他也戴著呢帽，一頂新帽子，他手裡也捏著菸嘴，發亮的菸嘴。他悠閒得像個來散步的人，我不認識他，他似乎認識我。

「喂，」他指一指那個抓住我的傢伙。「你瞎了嗎？他是三九支隊的人。」

那傢伙立刻鬆了手，從眼神裡流露出懷疑和輕蔑：「他？這麼一個半大不小的孩子！」

「我看你是不想在這塊地面上混下去了！」聲音裡有更大的輕蔑。

那傢伙連忙取出銀元，塞進我的口袋，用雙手連連推我：「小兄弟，你該回去了，快點走吧！」

我倔強的反抗，不肯離開。

「好，好，連這個也給你，」他再把報紙塞在我的手裡。

我握緊報紙，忘了向打抱不平的人道謝，轉身快跑，好像那是我偷來的東西。

火熱的興奮以後，失望的滋味特別難受。我弄到的，是在北平的敵偽政權出版的機關報，上面哪裡有「新聞」！

受到這番悲慘的捉弄，我羞憤極了。

不，未必是捉弄，那人站在高凳上宣讀的，分明就是這張報紙。我的眼睛一直沒有離開這張報紙，我盯住那人的手、把它裝進靠近左胸的口袋，又眼睜睜看見他從那個地方取出來。我雖然沒有看清上面的文字，卻熟悉它的紙質、色澤、摺痕。沒有錯，我們爭奪的就是這張東西。

敵偽的喉舌，怎麼會響起抗敵的號角？

我反覆看這張報紙，終於找出其中的祕密。上面有一條消息說，日本軍隊在前線進展迅速，一天可以推進七十里。那個以報告新聞為職業的人，故意把主體和客體調換過來。

既然敵偽辦這種報紙的宗旨就在顛倒黑白，我們何妨根據它的記載予以還原？它說日本的空軍炸毀了國軍的一座軍火庫，大火三日不息，我就乾脆把一筆同樣的戰果記在中國空軍的頭上吧！

那天，我是唱著跳著回隊的，我一下子找到了滿版的新聞。

「新聞」出版以後，附近友軍紛紛要求贈閱參考，司令官覺得很有面子，連大隊長也開始對我露出笑容。

我突然覺得自己重要起來，但是不久，我知道想看大隊長的笑臉得付更高的代價。

大隊長來到我的辦公室，這次他綳緊了面孔。他說：「明天，我派你進城。明天夜裡，你把這玩藝兒貼在維持會大門口的布告欄裡。」他指一指「新聞」。

我被這個意外的重責大任嚇了一跳，想說什麼，噎在喉嚨裡吐不出來，想問什麼，又千頭萬緒無從問起。

大隊長好像很欣賞我受驚的樣子，從他上翹的嘴角露出半排白牙。他走了，白牙的影子留下來，在我眼前忽大忽小，忽隱忽現。

維持會跟日本警備隊隊部守望相助，兩家大門隔著一片廣場遙遙呼應。日本警備隊又在自己的大門上面加造一座居高臨下的碉樓，槍眼晝夜睜大，監視全場。入夜，碉樓上面不但架著探照燈，廣場裡也有狼狗逡巡。到這種地方貼新聞？那不是玩兒命？

大隊長一定沒有把他的鬼主意報告司令官！

我可以到司令官那兒去，央告他：「取消這個任務吧！或者，另派別的人去吧！」

這樣一來，我雖然可以在司令部睡太平覺，可是大隊長從此更把我瞧扁了！三九支隊人人看不起我，包括司令官。

我已經丟過一次人了，還能再有第二次嗎？

不能！不能再有第二次。我得把第一次輸掉的扳回來。

整夜失眠，翻來覆去咀嚼什麼人留下的一句話：

偉大與舒適，二者不可得兼。

責任和榮譽的壓力，竟是這般滋味！這一夜，我好想家！

進城，難不倒我。古城是我生長的地方，每一條街巷，每一個人，我都熟悉。

可是，自從日本軍隊進駐古城以來，我已三年不曾來過。舊地重臨，竟充滿了陌生的感覺。

這是因為，我貼身帶著一紙愛國的文件，來到一個愛國就是犯罪的地方。

黃昏入城，朝著廣場察看形勢。在我的記憶中，這是一塊巨幅的畫布，上面畫著蓬鬆搖曳的老柳，嬉笑的兒童，馬的蹄印，車的輸痕，周邊鑲著淺淺的小草，蜻蜓或燕子飄去，成群麻雀落下來。現在，這一切都從畫布上抹掉了，剩下的只是一片空白。敵人把廣場整修得非常乾淨，乾淨得像那賊亮的馬靴和冷冷的刺刀一樣單調無味。

維持會的大門和招牌也都油漆一新，門外不遠的地方，果然有一個布告欄，跟日本警備隊的招牌遙遙相對。「報紙」在我胸前發燙，像一塊熱鐵。我能做什麼呢？維持會的衛兵也許好對付，日本兵的碉樓卻在我頭上！整個廣場不啻是一覽無餘的金魚缸！

日本兵自己建造碉樓，控制廣場，卻不許維持會也造一個！夕陽撤出了所有的屋頂，最後十分固執的指著那座碉樓，不肯抽手，看得我心裡發毛。

面對廣場，因回憶童年而引起的溫柔慢慢消褪，泛起了怒和恨。這片平地，成了敵人的靶場，將來不知道有多少抗戰志士要斷送在這裡！

冷不防一隻怪手抓住我的後領，向上提我，弄得我腳不沾地。

緊接著，一隻怪手捂住我的嘴。

就這樣，讓人家像提小雞兒小狗兒似的，拖著走進巷子，走進屋子。

怪手鬆開，我回頭一看，一張又方又大的麻臉，原來是我家的佃戶老魏。

我早該判斷是他，他的手臂長滿了又黑又粗的汗毛。

「你想死啊！」老魏對我很不客氣。

「打游擊還能怕死？」我不甘示弱。

「小聲點！」他呵斥我。「你也進了游擊隊？」他抱著研究的態度。

我忘了老魏不識字，掏出那張「報紙」，往他手上一摔。

「這是什麼！」老魏不識字，他怕一切白紙黑字，知道文字常常是惹禍的根苗。他說：「快燒掉！」

「不能燒。我專為它進城來的，今天夜裡，我要把它貼在布告牌上。」我朝維持會的方向指了一下。

「有種！」這一回，老魏真心稱讚。「可是不值得。你貼在別的地方，還有人看見，貼在鬼子眼皮底下，完全白費心機。我從沒有看見一個人到布告牌下面來過。大家連走路都繞個彎兒躲著這裡，誰敢來看你貼的玩藝兒？你還是帶回去吧！」

「不行。我丟不起這個人。」

「喝，你到底長大了。」老魏把我由頭看到腳。「既然非貼不可，你把這玩藝兒交給我，我替你去貼上。」

「你不怕？」

「我當然也怕，可是我有辦法。我交給維持會夜班的衛兵，教他替我貼好。」

「他不怕？」

「怕什麼？大家身在曹營心在漢！」老魏很自負，臉上的麻點熠熠生光。

憑良心說，我沒聽懂老魏在說什麼，可是我知道他可靠。

我親切的望著他的麻臉，回想小時候，被他用粗壯多毛的手臂舉在頭頂上看花燈，回家的路上，我的手從他的臂彎兒掙出來，數他臉上有多少麻點，數不清楚。

第二天，是三九支隊的大日子。據說，有一個人從重慶來，跟司令官見了面。據說，他穿長衫、皮鞋，留小平頭，毛裡拿著蔣委員長寫的一本書，一本又厚又大的書。

人人小心翼翼的談論，可是誰也不知道那人究竟藏在哪裡。人人希望看見他，希望聽他講話，希望摸一摸他時刻拿在手上的那本書。這個人物的出現，使三九支隊充滿了驕傲和幻想。相形之下，維持會的布告牌上出現了我的報紙，根本是一件微不足道的小事了。

新聞！這個由重慶來的人，一定可以告訴我許多許多動人的消息，即使那些事情早成明日黃花，我們卻從未聽見過。對於我們，事實由發生到現在不管隔了幾星期，幾個月，只要第一次讓我們知道，仍然是新聞。

我去找司令官。

「司令官，有從重慶來的客人？」

「不要胡思亂想，」司令官的呵責裡帶著高興。「他不是從重慶來的，他從國軍的最前線來，離這兒只有五百里。」

五百里！

「他手上有委員長寫的一本書？」

「你簡直沒有常識。他怎麼能拿著委員長寫的書，彰明昭著通過封鎖線？」司令官的心情好極了，他的「官腔」，正是發洩快樂的一種方式。「他手上拿著一本《聖經》。他是化裝成傳教士到敵後來的。」

儘管事實比傳聞打了許多折扣，那個神祕人物對我仍然有無比的吸引力。「我能見見他嗎？」

「能！我跟他談過你編的報紙。他這次來，要在我們和國軍之間建立一條交通線。國軍要直接指揮我們。後方的書刊、報紙，都有辦法運來。以後，你不愁沒有新聞了。」

上帝！我們總算熬到今天。

我懷著朝聖的心情去見他，爬上農家的小閣樓，他坐在窗口翻閱《聖經》，全身浴在令人傾倒令人信服的光芒裡。

我恭敬的說，我希望從他那兒得到一些新聞。

「你為什麼參加游擊隊？」他沒有回答我的問題，卻發出這樣出人意表的反問，一口親切的鄉音。

「為了救國。」這是標準答案。

「抗戰一定會勝利。你的年紀小，等到勝利那一天，正該年輕有為。那時候，你為國家做些什麼？」

這一問，擊中要害。我從來沒有描繪過自己的遠景，我最害怕聽到的字眼兒就是「未來」。我常想，在這生命如同草芥的年代，最好能夠有機會轟轟烈烈化成灰燼，省掉以後無窮的慌張麻煩。

那年代，我看不出自己有什麼出路，從沒有人告訴我們年輕人還可以有別的出路。我意識到唯一的出路就是「死」。

我也知道，外面有一個廣大的世界。那是一個傳聞中的世界，神話般的世界，沒有什麼辦法跟我們的現實聯繫起來。有時候，苦悶極了，也嚮往極了，就寫一封信，交給郵局，由他寄往河南南陽府前路八十八號的張慕飛，或者寄往雲南昆明成功街一〇一號的陸蘋，或者廣州中山大學的胡子丹。然後，以絕望的心情等他們回信。

南陽，應該有個府前街吧。府前街，應該有個八十八號吧。八十八號也許住著姓張的人家。他收到了我的信是多麼驚喜啊！

只要有人回信，只要有一個人回一封信，外面廣大的不可測度的世界對我就有了意義。等著等著，等到秋天，等來滿院蕭蕭黃葉。

我忍住眼淚。

抑制了、蓄積了多年的淚水，竟對著這個遠方來的陌生人，滴滴答答濕了一大片樓板。

「有什麼難言之隱？」

我搖頭。

「你的家庭？」

我用力搖頭。

「徬徨？苦悶？」

我想，大概他說得對。

「沒有關係，在一個偉大的時代裡，青年苦悶是很自然的現象。把眼淚擦掉，坐下，我有新聞給你。」

恍惚中，他低沉的聲音就如從夢中傳來：

「在我來的那個地方，政府設置了一座學校，專門收容教育由淪陷區逃出去的青年……

「學生到了那兒，有吃、有住、有書念，自己不要花一文錢……

「學生入學，手續非常簡單，只要你能證明你是陷區青年，例如，你的良民證，甚至只要一張火車票。

「學生到了那兒，受的是正統教育，是嚴格的文武合一的教育，是上馬殺賊下馬草檄的教育，是將來為國家做棟梁做主人翁的教育⋯⋯。

「河北、山東、安徽、江蘇，都有愛國的青年衝過封鎖線進入這座學校。其中有的女孩子，穿旗袍和長襪來了，一轉眼換上草綠色的土布軍服，換上草鞋⋯⋯。

「你應該到那兒去。到了那兒，你就再也不會苦悶。

「如果你願意去，可以到縣城南關的基督教會去找一位楊牧師⋯⋯。」

楊牧師？我認得他，他到我們家鄉主持過佈道大會，在我家住過幾天，一臉皺紋，每一條都是誠實忠厚的表記。他的衣袖總比別人短一寸，以便配合他的勤勞。他曾經用他又厚又熱的掌按在我的頭頂上，說：「主啊，看顧你的小羊兒，引導他走該走的路！」

我該走的路，今天已經鋪在我的腳前了嗎？

我真的在作夢？

帶走盈耳的耳語

司令官的臉色又青又黑。我送新聞稿給他看，他揮手令我退出，很不耐煩。他算是一個胖子，一向喜坐不喜站。這一回，我看見他在四壁之間踱步。

我一步踏進屋門，先嚇了一跳，司令官哪裡去了？怎麼有個不懷好意的陌生人站在裡面？

馬上我就明白，司令官還是司令官，他心情很壞，戴著一副面具向人。司令官從來不曾這個樣子，至少，我是第一次看見。

究竟發生了什麼事情？

耳語：上午，司令官到鄰莊第二大隊駐紮的地方去看副司令，走到莊子頭上，一排柳樹槐樹皂莢樹底下，有一群唱歌遊戲的孩子。

孩子們不懂事，不認識司令官，也不明白自己究竟在唱什麼，他們只知道唱著玩。可是，司令官聽了那支歌，立刻停下腳步，手杖撞地，杖頂上的手微微顫抖。

——中央軍，逃難的；

——三九支隊，討飯的；

——四四支隊，抗戰的！

孩子們唱了一遍又一遍。

「娃娃護兵」向前大喝一聲：「不許胡唱亂唱！誰教你們的？」一群小老鼠立刻逃散。

「娃娃」對司令官說，孩子們唱錯了，這個歌，他也會唱，本來的歌詞是：「四四支隊，搗蛋的！」

司令官沒有反應，依然跟他的手杖一塊插在地上，他的手和那根手杖依然抖動。

大家猜，司令官要找幾個屁股來打一頓，論年論命論風水，且看誰活該、該倒楣。猜錯了，司令官找木匠來不是做軍棍，而是修房門。奇怪，鐵打的營房流水的兵，修門幹什麼呢！

同樣令人猜不到的是，司令官忽然差遣「娃娃」回家，——回「娃娃」的家也是回司令官的家，「娃娃」三代都是司令官家中的忠實佃戶。「娃娃」雖是小人物，忽然離開司令官的身邊卻是一件大事，惹人注意。

副司令和其他兩位大隊長各有駐地，平素很少來找司令官，這時，也就是房門修好以後，他們成了座中的常客，有時個別來，有時一同來。來了，總是關好房門，兩三個小時不見出來。新修的房門關得緊，鬥得牢，風吹不透，副司令對弟兄們特別和氣，見了面先打招呼，有時還到弟兄們住的地方看看，掏出整包三砲台香菸往大夥兒床上一丟。在游擊區，不但這種名牌香菸是珍品，連空盒也有人拿去當寶貝。

耳語：副司令好像很開心的樣子。當然啦，他說過，他生平的嗜好是三「打」：打牌，打小老婆，打鬼子。現在，第三「打」快要打起來了。鬼子要出來掃蕩了嗎？可不是？還不是「敵來我走，敵退我追」？不，這次不同，司令官說了：游擊戰本來是敵大則游，敵小則擊，這一次他發誓只「擊」不「游」，來一個魚死網破。他動這麼大的肝火？肝火大得很呢，他派娃娃回家通知家裡再賣二十畝好地，賣它千把塊大頭買軍火。司令官賣過多少地了？不知道，你放心，他家田產很多，賣到抗戰勝利也賣不完。司令官這個差使也不好幹，有人說他是「討飯的」，真冤枉，他哪裡喝不到這麼一碗地瓜湯？是呀，難怪他動肝火。我正在納悶呢，怎麼副司令忽然對咱們這麼好，這個闊少從來不懂得體恤下人。別怪他，那是他年輕，現在當家知道柴米貴，打起仗來要靠大夥兒拚啊！你剛才提到「三打」，他有幾個小老婆？大概三個。他不打大老婆？不打。他說，大老婆能休不能打，小老婆能打不能休。為什麼小老婆不能休？因為，你如果把小老婆趕出門，她馬上再去找一個丈夫，大老婆就不會。

聽說要打仗，人人興高采烈的擦槍，半新的被單都吃吃的撕碎了做擦槍布。擦完了槍擦子彈，大家相信子彈上沒有鏽，彈殼就不會卡在槍膛裡退不下來，說不定因此可以救人一命，或者救自己一命。一面擦，一面哼著小調，分外活潑。

戰爭的氣氛使人變大變浪漫。槍擦好了，戰爭還沒有來，這些人在心理上已經先處於生死俄頃之間，變得心癢癢不拘小節，走起路來東倒西歪如醉。有一個隊員經過農家的籬笆旁，驚起緊靠著籬笆伏在窩中的一隻雞。他從籬笆縫裡伸進手去，抓住剛剛產下來的一枚蛋，在母雞劇烈的抗議聲中，先享受一下透心的溫熱，再把蛋的兩端敲破，吸一口氣送蛋白蛋黃滑下食道。最後，他坦然把空空的蛋殼還給那隻大聲喧鬧的母雞。

為了打發心癢手癢的日子，賭博。在賭命之前，賭錢。平時，聚賭的人要挨罵挨罰，這時禁令自然廢弛，全村洋溢著近似過年的氣氛。限制仍然有，外人不許入局，不過有一個人，他可以，他常常來三九支隊走動，跟弟兄們有「抓一把」的權利。這人穿長衫，敞領扣，翻袖口，紮褲腳，手裡捏著個發亮的菸嘴，全身整潔如新，臉上卻布滿霜痕塵痕。我看見他豪賭。我看見他贏錢。他兩肘之間銀元鈔票堆得比骨牌還高。終局時，他把牌一推，也把錢一推，一隻手取下口中的菸嘴兒，一手拍拍襟上的菸灰說：「這些錢，我請大家哥兒們吃紅。」

這人好面熟，我在哪裡見過這張臉，見過這隻菸嘴。

對了，是他。我在集市裡向一個走江湖的人買報紙，他替我解過圍。

耳語：你怎麼不認識他？他是個大名人。不管維持會、游擊隊，不管什麼牌照的游擊隊，他都進得去，出得來，大搖大擺。他賣軍火，只要有人肯出價，他連日本造歪脖子輕機槍的零件都弄得到。有時候，他喊價高得離譜，那些司令、團長，見了他恨他，不見又想他。

司令官找他來，要向他買軍火，這批生意大概不小。他的貨色很可靠，不使水，不摻糠。可是，以前他並不是這個樣子。有一年，他把五百顆步槍子彈賣給四四支隊，四四支隊拿了十顆子彈去打靶，有五顆啞火。他們司令官氣壞了，把這個軍火販子綁起來，下令槍斃。他大聲呼喊：冤枉啊冤枉，那個司令官教人把四百九十顆子彈倒在他腳前，對他說：「這是你賣給我的東西，你自己揀一顆受用吧！」情勢如此，只有照辦。劊子手用這顆子彈上膛，瞄準，扣扳機，火藥失靈，鴉雀無聲。那個司令官問他：「你冤不冤？」他撲通跪倒，連連說：「不冤，不冤！」險哪，這條命僥倖保住。自從得到那次教訓以後，他經手的每一顆子彈都親手驗看，顆顆有效。他看子彈好不好，就像我們看雞蛋新鮮不新鮮，十拿十穩，從不走眼。

一輛牛車，載滿明亮的麥稈，慢吞吞向支隊部走近。路不平，車身震動，把整車麥稈震成一堆軟體動物。

衛兵喝問：「哪兒來的！停車檢查！」堆得很高的麥稈上面露出一張瘦削而堅忍的臉。「哥兒們，放一馬，這是我的座車！」

「參謀長！」衛兵收了槍，敬個禮。「你可難得出門啊！」一面問候，一面用眼光探射他的腿部，他的下半身陷在麥稈堆裡，看不見。

牛車進了村子，停住，弟兄們攀車把「參謀長」架下來，放進預先準備的一張椅子裡，抬著走。癱瘓以後，兩條腿變細了，教人看了好難過。

我目送他進入司令官的屋子。

門關了，關得緊緊的。

司令官留他吃午飯，關著門吃。

飯後，兩名大漢把他抬出來，送上巔巍巍的麥稈堆。司令官親自送到車旁。牛車慢吞吞漸行漸遠，他像個在泡沫裡游泳的人一樣向我們揮手。

第二天，下午，疲憊的牛，拖著一車羽毛零落的麥稈，又把「參謀長」載回來。下車後第一件事，司令官吩咐燒熱水，請他洗澡。

不久，副司令也來了。自然，房門關得很緊。

晚上，司令官的房門打開，傳話下來，向我要筆要紙。接著說，八裁的白報紙幅面太小，吩咐一張一張用漿糊黏貼，連成桌面大的一張。然後又表示從我這兒拿去的鋼筆不合用，需要毛筆。

然後，門內寂然。入夜，只見窗櫺紙上人影不斷晃動。

這可不像一件尋常的事情。

耳語：不錯，他是個殘廢人。可是人家中央軍校畢業，在正規軍的師部裡當過參謀，見過世面，懂得兵法，可不簡單。司令官不是說嗎，孫臏的兩條腿也殘廢，誰能因此小看了孫臏？

司令官真的拿他當了「參謀長」，請他出謀定計打一場硬仗。司令官有三不打：第一，不跟敵人的騎兵打，騎兵六條腿，咱們兩條腿擋不住。第二，不在公路沿線打，公路可以跑汽車，敵人增援太方便。第三，不在村子裡面打，不守村莊，也不攻村莊，免得敵人拿老百姓出氣。「參謀長」真有一手，他拍拍胸脯說，別說三不打，即使是五不打也沒有關係，這一仗照樣能打，照樣打得勝。

昨天夜裡，「參謀長」在司令官和副司令面前畫了半夜的地圖。他說，當初抗戰發生，國軍在這附近什麼地方挖了一條戰壕，四十多里路長，準備在壕溝裡頭跟敵人捉迷藏，打他一個落花流水。這一計，國軍沒有用得著，我們來用。人在溝裡走，外面的槍子兒打不到身上。敵人不敢進溝，汽車和馬隊也不能過溝，只好由我們神出鬼沒。據說，這條戰壕的出口在一座樹林裡面，萬一大事不好，咱們進林，騎兵追到林邊兒，只得回頭。司令官聽了他的神機妙算，直拍大腿叫好！

八月以後，老天爺接連下了幾場雨。「一場秋雨一場夢」，夜有些涼颼颼了。每場雨後，一段晴朗的日子，日本軍隊就下鄉「掃蕩」。萬里無雲，老天爺睜大了眼睛，看強權伸出醜陋的手向大海中撈針，東倒西歪的瞎摸一陣。

這時，至少有一根針，以尖鋒對準敵人可能來犯的方向，準備狠狠刺上去。在風聲雨聲中，他們等待敵人沉重多釘的皮靴踏在地表上的聲音。現在，他們好比漁夫，張好了網，懸著餌，等一隻大魚撞進來，一隻凶猛的大魚。貪婪的魚，不久就聞到了餌的香味。一夜，有人把我弄醒，朦朧中，我知道那人用腳踢我。坐起，窗外慘白的月光裡，站滿了黑幢幢的人影。出門，那不是月色，是滿地寒霜。先頭部隊出發了，後面的人跟著。天冷，心急，也有幾分懼怕，所以大家走得很快，走到全身發熱，還不肯慢下來。我們在雞啼聲中，犬吠聲中，最後在鳥鳴聲中，走到天色破曉，走到每一個人由模糊晃動的一團到鬚眉畢現，走進國軍留下的那一條廢壕。

壕溝把地面切成兩半。我連滾帶爬跌進去，站起來，仰臉看頭頂的溝牆。他們成年人的個子高，站直了，可以把頭部伸出壕外，觀察地形，如果佝僂著走，就完全隱沒在兩牆之間。溝底兩旁特別設計了踏腳的台階，人站上去，恰好可以出槍射擊。我一面跟著隊伍在溝裡踉蹌前進，一面想：這麼大的一條溝，一鏟一鏟怎麼挖得成，他們成年人真有本事。射手伏在溝沿上，打了就跑，跑一段路再打，敵人一定窮於應付。如果退卻，人不知鬼不覺就脫離了戰場，撇下敵人在那裡東張西望。我在戰壕裡享受大地的呵護，第一次體會到憑藉先人留下的基業你會得到多大的安全滿足。

濃雲四合，始終不見太陽，只覺氣溫漸高，走得我滿身大汗。好在出口在望，出了壕溝，眼前就是那片有名的柿樹林。來到柿餅的主要產地，卻流不出一滴饞涎，因為在這一片空林之中赫然站著我們的司令官，我們的驚訝尚未消褪，槍聲密如炒豆，響自我們來處。其中配搭著清脆的有韻律的連珠響聲，一聽就知道是日本陸軍步兵特有的「歪脖子」機槍在瘋狂的連放。流彈打得樹葉嘩嘩亂飛，撲，撲，撲，打得地面冒煙。它射擊的聲音使人害怕，也使人出神，三九支隊從成立那天起，就希望有這麼一挺機槍，人人夢想有一天扛一扛、摸一摸這樣的機槍。行軍趕路，讓老百姓從排頭看到排尾，能看見你從日本兵手裡奪來的這張王牌。這次作戰，司令官曾經一再交代：「務必把敵人的輕機槍奪過來！」可是現在他大聲命令我們：「臥倒！臥倒！」

剎那間，除了樹以外，只有司令官站著。他在我們中間走來走去，問誰會爬樹。有幾個隊員坐起來，司令官選了三個人，指著柿林外面一棵白楊，對他們說：「你們上樹。你，第一個爬，爬到樹頂；你，第二個，停在樹腰；你，你在下面，第三。第一個看見了什麼，告訴第二個，第二個告訴第三個，第三個跑來告訴我。快！」

第一個隊員爬樹的本領不賴，他抱住白楊直挺的樹幹，手腳齊動，一節一節往上冒，一時之間使我聯想到游泳。第二個人動作比較慢，不過當第一人升到樹頂，他也到達樹腰，兩個人像兩隻啄木鳥一樣貼在樹幹上，這時，我才覺得這棵白楊真高。我幾乎以為，其實是希望，槍子兒打不到那樣高的地方，不能傷害他們。槍聲依然濃密，流彈卻不再出現，大概敵人的射擊換了方向。我們紛紛站起，看樹上的瞭望哨低頭彎腰傳口訊，看樹下的傳訊人在司令官和白楊之間跑來跑去，看司令官的臉色變化：一會兒紅，一會兒青，一會兒皺緊了眉頭。

就這樣，我們揣測戰場上的得失，心裡一陣抽緊，一陣放鬆。

不知過了多久，忽然覺得身上有點冷，頭上有點濕。仰臉看天，輕細難辨的雨絲惹得臉皮癢癢的。

接著，樹葉又拍達拍達響起來，不是因為流彈，是雨點。

「辛苦！辛苦！」

司令官到林邊迎接由壕溝裡走出來的戰士，挨個兒拍他們的肩膀。他們個個滿身泥漿，認不清本來面目。

「有人受傷沒有？……有人受傷沒有？……」

被問的人一怔，眼珠兒在黃泥面具的縫隙裡閃閃發光，好像現在才想到這個問題。

「有人受傷沒有？」

「沒有，一個也沒有！」是副司令的聲音。看樣子，在他開口之前，司令官伸手去拍肩膀的時候，不知道他是誰。副司令一向注重儀容，現在也成了沒塑好泥菩薩一尊。

「了不起！英雄！」司令官的態度特別親熱。看得出有句話含在嘴裡打轉兒，他記罣「歪脖子」機槍。

「我們搶來了鬼子的大砲！」副司令的胸脯挺得好高。

「什麼？」司令官吃驚不小。

副司令轉身向溝中招手，催促弟兄們從泥裡水裡把一個笨重的圓筒扛上來，不算大，打鑄得很精緻，儘管沾帶泥巴，仍然漂亮。圓筒以外，還有一塊鋼版，一個支架，由另外的人扛著，一齊送到司令官面前。

「迫擊砲！」司令官認識這東西。

「可不是？」副司令得意洋洋。「敵人分成幾個小股亂竄，有十來個人跟著這座砲。我見他們人少勢孤，就帶著第二大隊長和他的第一中隊衝上去。這一仗打得很猛，雖然沒有奪到機槍，有這個玩藝兒也可以交差了！」

「好，好，」司令官說。「打得好，打得好！你查明出力的弟兄，我每人賞十個大頭。現在先找地方讓大家洗洗澡，換換衣服。」

「回原地？」

「不回原地，另外找地方。」司令官用手指一指樹林。「這個方向，馬上出發！」

耳語：副司令吹牛皮面不改色，火候到家！他領著大夥兒衝鋒？沒那回事！敵人不知道眼前有溝，見了溝也不知道壕溝裡有人，愈走愈近。副司令在溝裡會錯了意，以為敵人是衝著他來的，就命令第二大隊排槍開火，掩護他脫身。誰知道槍聲一響，十幾個日本兵轉身就跑，大砲丟在那兒也不要了！二大隊本來的打算是，他們一開槍，敵人一定散開，臥倒，大家趁這工夫拔腿溜走。有人開了一槍兩槍趕快脫離火線，連日本兵張皇失措的樣子都沒看見。這時候，幸虧有一個弟兄沉得住氣，這人究竟是誰，已經弄不清楚，他喊了一聲「搶大砲啊！」大家這才如夢初醒衝出溝外。等玩藝兒到了我們手裡，才輪到敵人清醒過來，想起自己丟了東西，急忙回頭來找。「歪脖子」朝著空溝掃射，打來打去只打中了塵土。日本兵這麼差勁，說出來沒人會相信。二大隊的人說，這一批鬼子特別瘦小，可能是壯丁快死光了，拉半大不小的孩子來充數。這些孩子第一次上陣，聽見槍聲就慌成一團亂麻。看起來，日本的氣數要完了！

大家洗澡，換衣服，擦槍，忙得像大年夜。

忽然，司令官找我。

他板緊面孔抽菸，一呼一吸之間有餘怒未息的樣子，不知生誰的氣。我站在他身旁，等他開口。

「你學會賭錢了沒有？」

「沒有啊！」我急忙否認，他怎麼有心情查問這個。

「你這個年齡，吃喝嫖都還談不到，我最擔心的就是賭。你不賭，很好！」

沉默，我跟他之間游動著他噴出來的煙圈兒。

「游擊隊這樣的環境很容易教人學壞。明天，我派人送你回家。」

我說，我不想回去。

「你已經來過，總算抗了戰，久留沒有多大意思。你的年紀還小，應該去讀書。」

讀書！聽見這兩個字，我渾身觸了電。我想起那個神祕的客人告訴我的，一座文武合一的學校，一座千金小姐穿草鞋的學校！一座培植三尺幼苗成棟梁的學校！把一滴水一滴水匯合成巨浪的學校！啊！學校！學校！學校！我身不由己似的點頭，退出，一面收拾我的東西，一面發燒……。

耳語：知道嗎？昨天夜裡，司令官跟副司令吵架。他們都是上等人，要面子，聲音很低，但是彼此很不客氣。司令官的意思是，打這一仗頂多弄他一挺輕機槍，要迫擊砲幹什麼！這玩藝兒到了我們手裡，等於一塊廢鐵，可是日本丟不起這個人，一定抽調重兵，徹底清鄉，燒掉十個八個村莊，出這口鳥氣。三九支隊豈不害苦了老百姓，當司令的怎麼對祖先、對鄉親交代。再說，日本除了遷怒到老百姓身上，對三九支隊又豈肯放過，到時候，飛機大砲都來了，自們的一畝三分地只有這麼大，三九支隊往哪裡逃？怎麼生存？逃到自己的地盤以外，等於魚離了水，還不是教人家吃掉？可是副司令認為自己沒有錯，他說，當司令官的人怎麼能這樣膽小！司令官氣極了，伸手給副司令一個耳光。副司令不但沒有躲閃，反而把頭往前一伸，眼睛瞪著司令官說：「二哥，你再打，我就還手！」他們是遠房弟兄。

回到家裡，才知道父母正擔心得要命。我馬上成了新聞人物，每天有人從各村各鎮來找我，有小腳的老太太，有揹著嬰兒的媳婦，瞇著汪汪淚眼。

「你認得×××嗎？他是我的兒子。」

「小孩他爹在三大隊，叫×××……」

我說不認識，統統不認識，就算見過面，有來往，我也不知道他們的名字。

來人很失望，只好從心底深處把最後的問題拿出來：

「這一仗，你們到底死了多少人？」

「沒有啊？一個也沒有。」這個我倒清楚。

「怎麼沒有？三九支隊派人到處買棺材，把好幾個棺材店的存貨都買空了。要是沒死人，買棺材做什麼？」我目瞪口呆，買棺材的事沒聽說過！

「你們還買石灰，買蠟燭，用牛車載運，這些東西不都是辦喪事用的嗎？」

嗚的一聲，有人捂著鼻子哭了。

「到底是個小孩子，一問三不知！」有人輕輕歎息一聲。

再過幾天，這一帶參加三九支隊的人陸陸續續都回來了，父母找到他們的兒子，妻子找到她的丈夫，沒聽說哪家短少一個，家家歡天喜地。

「你們怎麼回來了？」這是人人要問的。

「司令官要我們回家種麥子，下了種再回去。他說，戰要抗，田也要種，拿起鋤頭是民，拿起槍是兵。司令官很通人情！」

耳語：三九支隊「封槍」了。封槍你不懂？就是人解散，槍埋起來。這兩天，公路上兵車不斷，一車一車日本兵，帶著大砲和重機槍，厲害得很。他們發誓要消滅三九支隊，如果辦不到，就切腹自殺。他們司令居然寫了一封信通知別的支隊，教他們趕快避風頭，信上說，這次只對付一個敵人，跟別的隊絲毫不相干，誰要是敢幫三九支隊的忙，就連誰一起解決。這是泰山壓頂，莊稼漢組成的游擊隊哪兒頂得住？幸虧他們早有準備。告訴你，三九支隊的司令官老謀深算，預先料到敵人有這一招。那一仗打完了，他派人到處買油紙，買蠟燭，買石灰，買棺材。他把武器子彈用油紙包起來，用蠟封好，裝在棺材裡，撒上石灰。他找了一片亂葬崗子埋下去，教大家回來種田。三九支隊已經不在天地之間，任他大日本皇軍發瘋，也望不見風、撲不著影兒，十天半月以後，日本非撤兵不可，敵人一退，三九支隊又從地底下冒出來，大搖大擺的抗戰，敵人想集合大兵再來一次，可就難了！

三九支隊這一手夠漂亮！可是你先別替他高興，四四支隊正在到處找三九支隊的槍埋在哪裡。他們對那座迫擊砲更是念念不忘，砲身上有日本字，落在游擊隊手裡，是天字第一號的光榮。四四支隊派了八個小組，到三九支隊駐過的地方、走過的地方窮搜，看見新墳就挖開看看。藏寶萬一被人家挖走，三九支隊的那一陣威風就只能算是一場春夢了！

哭屋

抗戰發生以後，父母一直在為我的讀書問題發愁。原有的公私立學校一律關閉了，到千里迢迢的大後方求學，我的年紀又似乎太小。偽政權開始辦學校，到處拉學生，把孩子送進去吧！實在不甘心，惟恐孩子進了漢奸辦的學校變成小漢奸。那兩年，我半夜醒來，常常聽到父母在竊竊私語，捶床嘆氣，別人的父母大概也一樣。

正在所有的父母都非常煩惱的時候，有一種說法開始流行，認為政權雖然是偽的，學問可是真的，為了求真學問暫時進偽學校，又有什麼不可？有了真才實學，等到抗戰勝利，還不是一樣可以為國家服務嗎？父親頗為這種說法所動，不過為了慎重起見，他還是親自到縣城去了一趟，在那兒住了兩天，研究縣立中學的課程，觀察敵人控制這個學校到什麼程度。這座學校大體上還算正常，不過每天早晨做朝會的時候，全體師生要面向東方迎著太陽行三鞠躬禮，表示對日本天皇的崇敬，如果是在天皇生日那一天，全體師生還得歡呼萬歲。這是父親絕對不能忍受的，他回到家裡對母親說：咱們的孩子不能進那種學校。

剩下的一條路只好讀四書五經了？說起這些舊學，「三先生」是這一方的大家，他的父親是進士，在黑沉沉的進士第裡面，包藏著很多的傳奇。老進士曾經在京城裡面陪著皇帝做詩，他家的藏書比縣城裡的圖書館還多，他的書房比中學的教室還要大，老進士的書畫都是第一流的，外面有五個人模仿他的筆跡，維妙維肖，難分真假。倘若因鑑別引起爭執，老進士只是微微一笑，從來不表示意見。常有學人自遠方來，討論古書上某一句話的真正解釋，或者要求看一看某一部書的善本，這些來求教的人個個都是嚴肅地進來，微笑著出去。進士有三兒一女都聰明過人，被大家封做神童……。

進士第最大的傳奇是老進士和他的二兒子長期的爭執。在那裡，不論男女老幼人前人後都管進士的次子叫二先生，管他的媳婦叫二奶奶。想當年，老進士在京城做官，二先生中了舉人，家族的聲望蒸蒸日上，是進士第的全盛時期。可是老進士的性格很倔強，他又把這種性格傳給了他的兒子，倘若一旦發生重大的爭論，誰也不會讓步。幸而這種爭論從未發生過，不幸的是它後來終於發生了，引得當時的官場和考場談論他們，談論了很久。他們爭得那麼痛苦，別人卻談得那麼津津有味。

二先生最大的願望是和他父親一樣中個進士，他認為中了進士才算是真正的讀書人。批八字的人說他沒有進士的命，他不信，趕到京城去應考。開場他考得很好，可是到後來他覺得身體疲倦，精神渙散，好像所有的力氣、所有的學問都已經用完了，好像冥冥中有力量抑制他，干擾他，使他迷亂。勉強交了卷，自己也覺得絕望，抱著絕望的心情看榜，再抱著絕望的心情回家，從「進士第」三個金字下穿過，低著頭鑽進書房，慌忙關上門，閂好，把母親、太太、老媽子都關在門外，任人無論怎樣喊叫，他也不肯把門打開。

他在書房裡抱頭痛哭，哭得牆外行路的人停下來，哭得門外的母親陪著掉淚。晚飯已經擺好了，可是誰也不肯去摸筷子，家人準備了這麼豐盛的菜，而他還關在書房裡繼續哭。

二先生斷斷續續哭了幾天，情緒慢慢平靜下來。家人勸他：功名是前生注定的事，既然命該如此，人力何必勉強？人怎能拗得過考場裡的神鬼？二先生默然無語，但是不久書房裡面響起了琅琅的書聲，通宵不停。

三年過去了，考期又近，他辭別家人，動身應考。他對老進士發誓這次非考取不可，必要的時候，他打算在北京想辦法打通關節，這要花很多的錢，他請求父親給他充分的支持。但是老進士勃然大怒，拍著桌子，拍斷了他的長指甲，斥責兒子有這種荒唐的想法。他說：考試作弊是讀書人終身的恥辱，也是祖先的恥辱、子孫的恥辱，他絕不允許自己的兒子做出這種敗壞門風的事情來。罵得二先生含著眼淚登車，二奶奶也含著眼淚送行。

在用過三年的苦功以後，二先生的學問有了很大的進步，可是和上次一樣，他的精力和學力消耗得很快，終於，他的手又軟了，腦筋又亂了。無論怎樣壓榨自己，也榨不出一點兒漿液來。他的才思立即退潮，使他成為一艘擱淺了的船。他知道這一次又失敗了。他真恨，恨自己不能像別人那樣花一筆錢，一大筆錢……。

落第回家，自己覺得一張臉沒處放，不敢抬眼面對大門口看家護院的，不敢看父母，不敢進自己的臥房，像逃命似的鑽進書房，關上門又嗚嗚地哭起來，任由母親和妻子隔著窗子勸，任由鄰居圍起來聚在一起隔著牆聽，任由老進士派了書童三番兩次來催喚，他一概都不理，他只是哭。如果你了解華北那些老式瓦房的構造，你會知道在那樣的房子裡嚎啕痛哭是一件頗不尋常的事情，屋頂的木料和瓦片，牆壁的窗櫺和窗紙，對宏亮的聲音產生共鳴，音響鏗鏗然，悠悠然，成為一種奇聞。

跟上次一樣，二先生的悲憤沒有維持多久，就轉變成刻苦用功的行動。他跟妻子不同房，跟鄰居不通慶弔，甚至不肯理髮，忘了洗澡，只是不停的讀。他是一天比一天瘦了，但是讀書的聲音一天比一天動人，讀到痛快淋漓的地方忍不住要哭，幾聲痛哭之後，又馬上恢復了讀。這種讀了又哭、哭了又讀的聲音，一度鬧得全家不安，時間久了，大家也慢慢習以為常。就連二奶奶，想起這種苦讀的故事歷史上多的是，也就慢慢不像從前那樣擔心了。

三年之後再上考場，二先生的模樣瘦削蒼白，好像生了一場大病，但是他的決心一點兒也沒有動搖。這次他非考中進士不可，這可能是他最後一次考試，因為人人都說這次考試舉行之後，科舉制度要廢除了，有一千多年歷史的掄才榮銜要消失了，「進士」將要成為歷史名詞，正因為如此，這個頭銜才更珍貴，他參加這場最後的競賽更是志在必得。無論如何，他需要大筆錢。為了這筆錢，他在老進士床前跪到第二天早晨，馬車在大門口等他出發，老進士還是沒有答應，於是他也就仍然沒有考取。

於是回到家中他仍然低著頭鑽進書房裡。

這次他沒有哭，聽起來書房裡很平靜，家人認為他想通了，認命了。

第二天送飯的老媽子從窗櫺望見二先生掛在屋梁下面，他吊死了。……

二先生雖然死了，他無窮的遺恨好像留在屋子裡，沒有隨他的屍體一起埋葬，更深人靜的時候，書房裡常常傳出他的哭聲。二奶奶親自聽見過，老太太也聽見過，據說連老進士自己有一次站在院子裡的梧桐樹下，也迎著西風聽了很久。不久，進士去世了，然後老太太也去世了，接連辦了三次喪事，家裡又添了一座鬼屋，進士第的光彩是大不如前了。尤其是眼前的這一場戰爭，把進士第的一大部分房屋完全燒毀，三先生再也沒有力量重建，從前威嚴整齊的進士第現在一片荒涼。儘管這樣，由於博學的三先生支撐門戶，他擁有的這片瓦礫，仍然被認為是讀書人的聖地，像老進士在世的時候一樣，這兒是正統學問的庫倉和轉運站。

所以父親安排我到三先生那兒去住一、二年，早晨晚上聽聽他的教導。

進士第的時代的確過去了，當年神聖的大門，現在用磚塊封堵起來。磚塊大小不一，凹凸不平，樣子拙劣而醜陋。大門封閉以後，出入一律從邊門經過，這一道門當初本來是給看家護院、打工值夜、洗衣買菜的人準備的，二奶奶和三先生這兩房人家現在住的房子也都是從前下人住的。我的臥房兼書房本來是打更守夜的人休息的地方，跟當年二先生的書房遙遙相對。書房已經燒毀了，院子裡的那棵梧桐樹還在，樹幹很高，葉子肥大，顯出它是所有的樹裡面最大方清潔的一種。由書房望去，從前的深宅大院一律失去了門窗和屋頂，剩下四面牆，圍牆的框子裝著灰燼瓦礫，就好像是一座一座剛剛使用過的大烤箱。儘管經過這樣的摧殘，剩下的牆也跟一般殘垣敗壁大不相同，它們有光滑的表面，整齊的稜角，使人可以想像到它在完整的時候是多麼美麗，當初建造它們的人是費了多少心血，要為子孫留下幾百年的基業。現在我來得太晚了，這裡已經沒有四壁琳琅的名人字畫，沒有散發著檀香氣味的珍本古書，沒有比一塊金子還要貴重的印章，沒有比一棟房子還要貴重的石硯，更沒有老進士當年親手抄寫尚未出版的著作。我來的時候，這一切都化成了灰燼，只有書房前面的這棵梧桐還帶著全盛時代的光澤，象徵一股艱苦支撐的生命力。

經過這樣鉅大的變化之後，三先生不再是一位儒雅瀟灑的紳士，他每天要應付土匪的警告、漢奸的勒索和自己家庭生計的困難。他經常緊張地喘著氣，就好像一個苦力剛剛做完苦工一樣。但是他只要有一個鐘頭的時間坐下來，捧著他的水煙袋，跟我討論唐詩或者說文，他又恢復了這個時代所沒有的從容，他的眼睛和聲調裡面，根本沒有時代的苦難，他家藏的典籍文物好像根本沒有焚燒，那些東西本來就存在他的心裡，是戰火所不能摧毀的。就是他在談杜甫的三吏三別，也好像玩賞古代的一件銅器，上面生滿了美麗的鏽，價值連城，但是跟現實沒有絲毫的關連。除了他手裡捧著的水煙袋，他沒有一點人間的煙火氣。可惜這樣的良辰美景究竟不多，多半的情形是他正在談得起勁的時候，帳房先生跑過來彎下腰在他耳朵旁邊低聲說了幾句什麼，他立刻離座起身匆匆忙忙地走了。

我來到這裡，除了希望聽到三先生的教導，還希望聽到三先生的哭聲，那個流傳一時的怪談給我很大的誘惑。有時候我走進那個從前叫做書房的大烤箱中，踐踏碎瓦，看牆上煙燻火燎的痕跡，想想一個讀書人的靈魂如何被時代套上鎖枷。對一個人而言，讀書是如此重要，又如此可怕，古往今來，不知有多少讀書人在他自己的書房裡哭過，然後把自己吊死，只不過他們的哭沒有聲音也沒有眼淚，他們也並不需要一根真正的繩子。我如果能夠聽到這種哭聲，在我的讀書生活中當然是一項重要的紀念，但是這恐怕不可能，據說自從那染紅了西天的烈火把大半個進士第燒成廢墟以後，那神祕的哭聲再也沒有出現過，好像它也禁不起戰火的煎熬退藏到九泉之下，就像我們在逃難的時候，戰戰兢兢地躲在蘆葦裡面，把自己的家讓給槍聲砲聲連天的殺聲，即使蘆葦外面已經沉寂下來，我們這些躲在裡面的人還是不敢聽自己的呼吸。

我發現，除了我以外，還有一個人希望聽到鬼哭，她是二奶奶。一天，夕陽照在我對面的大烤箱上，頗有幾分古意，我忍不住丟下書本，從那個從前叫做門的黑窟窿裡鑽進去。這時候，通過另一個黑窟窿，從前叫做窗子的，出現了她。

「你來這裡做什麼？」

我漲紅了臉答不出來。

「你是不是聽見了什麼動靜？比方說，半夜有什麼聲音吵醒了你？」她問得很委婉。

我突然有了勇氣，對她說：「還沒有，我很希望有一天能夠聽到。」

「那是為什麼？」

「因為我聽到了那個傳說。它深深感動了我，每一個讀書人聽到了這個故事都會受到感動。」

「這不是一個傳說，也不是一個故事。不過他的聲音已經好久沒有出現了，這樣下去，再過一些日子，它就真的變成故事和傳說了。我住在後面，離這兒很遠，耳朵也越來越不靈光，即使有什麼聲音也很難聽到。你睡的地方離這兒很近，如果你聽到什麼聲音，馬上跑到後面去告訴我，好不好？」

她的神氣使我沒有辦法拒絕。不過我說：「我有沒有那樣好的運氣，一點兒也沒有把握。」

「你是一個小孩子，小孩子常常能看到成年人看不到的景象，也常常能聽到成年人聽不到的聲音。好孩子，記住，要馬上告訴我。」

她轉身離去，走路的姿態兩腿僵直，兩臂前伸，每一步都走得很慢。這是纏過足的老年婦人走路的姿勢，她的確是老了，銀灰色的頭髮已經很稀。

夏天過去了，整個夏天沒有什麼可以告訴她的。秋天來了，天氣涼爽起來，比起夏天好像卸下了一身的重擔，輕得想飛。這是讀書的好天氣，更是讀詩的好天氣，肉身飛不起來，讓詩帶著我們的思想飛。我抽出一本唐詩，隨手翻開一頁，照著三先生教給我的腔調，朗誦自己最喜歡的一段：

> 自言本是京城女，家在蝦蟆陵下住。十三學得琵琶成，名屬教坊第一部。
> 曲罷曾教善才伏，妝成每被秋娘妒。五陵年少爭纏頭，一曲紅綃不知數。

鈿頭雲篦擊節碎，血色羅裙翻酒汙。今年歡笑復明年，秋月春風等閒度。
弟走從軍阿姨死，暮去朝來顏色故。門前冷落車馬稀，老大嫁作商人婦。
商人重利輕別離，前月浮梁買茶去。去來江口守空船，繞船月明江水寒。
夜深忽夢少年事，夢啼妝淚紅闌干。

閉上眼睛咀嚼詩意，聽見院子裡面咔嚓一聲，梧桐樹掉了一片葉子，葉柄離枝的時候發出清脆的響聲。然後啪噠一聲，是那片黑沉沉的樹葉在秋風中飄盪了一會兒，重重地撲在地上。緊跟在落葉的後面響起了另一種聲音，這不是秋蟲的叫聲，不是風聲，這是一個人的呻吟，一個男人，一個忍受痛苦的男人實在忍不住了才會發出這樣的聲音來。

誰呢！這會是誰呢？

再仔細聽，那聲音還在繼續。那並不是呻吟而是一個人想哭、但是又堅決不讓自己哭出來。他殘酷地約束自己，就像是熔爐約束火紅的鐵漿。可是那鐵漿的高溫反而把鍋爐穿透了，融化了。在理智潰散以後，噴出了一陣呵呵的狂叫，那真的是一個男人的嚎啕，我在老一輩的葬禮上，曾經聽見過這種哭聲，哭的人張開大口，全身發抖，連續不斷地呵呵著，如果來不及換氣，隨時可以吞聲昏過去。

我趕快吹滅了燈，正襟危坐。

一聲過去，又是一聲，從窗外對面業已被燒毀的書房發出來，傳到牆外，驚醒了那棵老柳樹上的烏鴉，哇啦哇啦，在進士第上空盤旋。

那在廢墟上的靈魂連忙收斂些，壓低聲音，變成一陣低沉的嗚嗚，就好像狂風吹過高山上的洞穴，裡面夾雜著傷風一樣的鼻息，那聲音裡面有多少委屈，多少心酸，就連我這世故不深的年輕人也為之酸鼻，恨不得替他痛哭一場。

想聽的聲音到底聽見了。我跑出房門，去通知二奶奶，卻望見三先生踏著蒼白的月色穿過後院向我走來，一面問：「什麼聲音？是什麼聲音？」

值更的拿著槍走過來，二奶奶也出來了，在秋風裡搖搖擺擺幾乎跌倒。三先生趕快伸手攙住。老媽子隨後趕上，一隻手攙住了二奶奶，一隻手還在扣鈕扣。

我說我聽見了某種哭聲。三先生拉長了臉：「孩子，你是作夢吧？」

我替自己分辯，我說我確實聽到了哭聲。

值更的要我把自己的經驗仔細說一遍，我一面說，他一面挑剔，指出他認為荒唐或矛盾的地方，激得我幾乎要跳起來。最後是二奶奶替我解圍，她對三先生說：

「三弟啊，剛才我幾乎跌倒，你趕快伸過手來扶我，是不是？」

三先生點點頭。

「其實，在你的手伸過來、還沒有扶我以前，我已經突然得到一股支持的力量，就像有一隻無形的手把我攙住。那很像是你哥哥的手，不是你的手。」她的話征服了每一個人，大家肅然無聲。

她繼續說：

「看樣子，雖然經過這一場戰亂，你哥哥還是留在這座破房子裡，沒有離開我們。我相信這孩子的話是真的，他既沒有作夢，也沒有說謊。」

說完，她穿過院子，朝書房走，老媽子攙著她，其餘的人在兩旁跟著。

她一面走一面說：

「你哥哥留在家裡，我比較放心。自從逃難回來一直到現在，沒有聽見他的聲音，真擔心他不知流落到哪裡變成了孤魂野鬼。現在好了，你們去拿香拿紙來，今夜裡先給他燒一燒，明天再做一場法事，送他回祖宗的墓園。」

二奶奶是進士第裡年齡和輩分最長的人，她的話有相當的權威，香案馬上在梧桐樹下擺好了。她親手燒紙，喃喃祝告，然後跪下。我們，包括三先生在內，在她身後跟著跪下。

祭告完了，二奶奶回房休息，值更的去巡邏守夜，剩下我跟三先生兩個人。

「你再把剛才的情形說一遍，越詳細越好。」三先生對我說。

我從朗誦那首詩說起。

他冷靜地、仔細地聽完了我的敘述，嚴肅地問：

「你是朗誦了白居易的〈琵琶行〉？」

我說，千真萬確。

他點點頭：「我二哥生前最喜歡這首詩，常常在書房裡高聲朗誦，念到『夜深忽夢少年事，夢啼妝淚紅闌干』，有時候會痛哭出聲。」

我愉快得要命。他到底相信我了。他找到了證據。那夜，他整夜不眠，在梧桐樹下走來走去，走到我入夢，再醒。他一定想了很多事，想怎樣來安慰他的哥哥，想一個人受盡學問的虐待還必須服從，想進士第的劫後餘燼裡可有一枚鳳凰蛋，想梧桐葉落盡後怎樣再生。他一定想到這些，一定想得更多，一定轉了許多永難猜度的念頭，發了比海還深的感慨。

一星期後，樹下來了一群工人，動手修蓋書房。三先生說，他要一棟房子做學屋，教本族的子弟讀書。儘管科舉廢除了，孔孟之道是永存的。進士作古了，二先生也作古了，真正有學問的人離開了人間（他自己這麼說），可是他，這個後死者，手裡還握著一把種子，撒下去，老天會讓它長出來。這是一次艱難的決定，因為進士第已無餘財，他辦的學屋又一定是免費的……。

我是把書桌搬進學屋的第一個學生。我們都很用功。三先生常常說：「你們的命苦，……你們來得太晚了。」他的意思是說，真正的良師已不在世。我們仍然很用功，我們失學太久，太飢渴，也都熟知二先生的傳奇，覺得屋梁上有一個感傷的靈魂目不轉睛的望著下面。我們怕他，同情他，惟恐自己像他。每一個學生都在父母面前受到嚴厲的告誡：科舉並沒有真正廢除，社會上有各種名稱的新科舉，也就是說，種種的挑戰和考驗，等著你我拚命。它也值得我們去拚命，否則，人生將沒有意義，我們想在梁下吊死，卻沒有這樣高大幽靜的房子。

我也是第一個搬出這學屋的人。直到我離開家鄉，到大後方求學，誰也沒有再聽見鬼哭。也許二先生已經回到墓園安息，也許他從下一代找到慰藉。後來，這座空屋曾經傳出哭聲一事，就真的變成了傳說，變成了故事。

拾字

那年代，不識字的人很多，我們在小學裡讀書時，就學會了站在講台上掃除文盲。……後來，教會的宗長老來找我，他說，他決定在一個小村莊裡成立識字班，拿認字做信教的基礎。他曾經把《聖經》送給村人，卻發現《聖經》的用處是放在床頭夾草紙。可憐他們不識字！他說，教那些人認字也是為主工作。他認為我十足勝任。

宗長老是個瘦長而精光外露的人，狹長的臉上有星星點點的白麻子，嘴唇很薄，口齒伶俐。他和當地的無神論者辯論信仰問題，薄唇翻飛，口沫四射，對方最後只有說：「好吧，算你有理。」他勸我到識字班去做小先生，指手畫腳，滔滔不絕，替我分析，替我考慮，也替我決定答允。我想來想去，想不出拒絕的理由，終於說：「好吧。」

薄唇的人多半能言善道。尤其宗長老，上唇人中兩旁有幾顆凹下去的白麻斑，顯得上唇薄到透明，靈敏過人。楊牧師的唇比宗長老厚一倍，發言之前先要蓄力提氣才張得開，好容易張大了，不久又要闔上，使人感覺到那唇的重量。有人堅持上帝也有性欲，楊牧師無可奈何，仰天長歎：「主啊，你都聽見了！」

質料薄脆的樂器震動發聲難有撼人的力量。宗長老從口中吐出來的是機智，不是誠懇。機智不如他，很容易做他語言的俘虜，可是不久就想脫逃。

我沒有逃，我在計畫脫走的時候，忽然想起有一天我坐在院子裡看書，看一本純粹消遣的閒書，一本要被大人先生沒收的書，抬頭發現一旁有個不識字的人靜靜的望我，目不轉睛，把羨慕、欽佩、敬畏，無限無量向我傾來，好像我在做天地間第一等大事。我當時非常慚愧，為所有識字而又不肯正當使用的人慚愧，對所有把語言符號當作神聖符咒的人同情。現在我有了減輕愧疚的機會。

主說過，有兩件衣服的人，要分一件給那赤身露體的。我把一切推託之詞嚥回去，吐出：「好吧。」

識字班設在小茅屋裡，難得的是桌凳整齊。我走馬上任這天，一個年輕的木匠正在茅屋門前做黑板。他事先做好一塊木板，再蒐集許多松煙（要燃燒很多松枝，費好幾天時間），最後把那些黑色粉末塗在木板上。他認真趕工，讓我及時有黑板可用。那是一塊精心製造的黑板，給簡陋的識字班增添隆重。

學生陸陸續續坐滿了，不是梳著髻，就是甩著一條大辮子。全是女生。男人要工作，沒有工夫來「拾字」。他們跟識字叫「拾字」，字是屬於人家的，人家遺落幾個，他們小心撿來，就像在收割小麥的人後面拾穗。

年輕的木匠把黑板掛好，興奮得兩頰泛紅，一面提醒我當心弄髒衣服，一面又指著一個學生說，那是他的妻。她梳著髻，臉也紅了。記得宗長老叮囑我不要注意女生，最好到結業那天還不知道哪個是出了嫁的媳婦，哪個是沒有嫁的大姑娘。這似乎很難辦到，媳婦梳髻，閨女留辮子，一望而知。不過，要想辨別兩者還有什麼差異，卻非易事，我在她們臉上一再考察，沒有結果。

第一課教她們認識一個字：神。我在黑板上寫字，用粉筆耕耘這一塊處女地。新黑板的表面有一層黑色的粉粒，筆畫所至，感覺到輕輕的震動，好像用觸覺去領略音樂。舊黑板寫了又擦，擦了又寫，變得灰白光滑，不再產生這樣微妙的趣味。這個「神」字我寫得很大，很端莊，無懈可擊，如有神助。

這個字，也是第一次有人寫在她們烏溜溜的眼睛裡，寫在她們潔白的記憶裡。

「神，」有一個梳髻的學生問：「他是外國的神，還是中國的神？」

多麼可笑的問題，耶穌是猶太人！

「既然是外國的神，怎麼肯來救中國人？」

這一問，我笑不出來。

第二天，我教她們認識自己的姓。那年代，人特別尊重祖傳的東西，尤其是姓氏。一旦有了識字的機會，他願意馬上會讀會寫這個符號。只要認識這個字，即使僅此一字，他就覺得自己不是瞎子了。他睜開了眼，看見一星星由遠古點燃至今閃耀的亮光。

「誰會寫自己的姓？」我問。

幾隻手指著一個梳辮子的姑娘，叫：「小米，小米。」她是村長的女兒，在全班之中家境最好，辮子也最黑最亮。我說：「你來，把你的姓寫在黑板上。」

經過一陣應有的遲疑，她勇敢的離開座位。從我手中接過粉筆，她有點抖。她在黑板上先畫一個十字，再向四角點上四個斜點兒。她姓米。

「這是一個很好的姓，寫出來很好看。」我自問這兩句話很穩健，同學們竟啞然失笑。我張口結舌，姓米的女孩把臉埋在臂彎兒裡。

想了一想，是「好看」兩個字出了毛病。她們以為我稱讚寫字的人漂亮。

為了糾正她們的印象，我說：「這個字六畫，筆畫有一定的順序，照順序寫，這個字就更好看。正確的筆順是：先寫左右兩點，再寫中間一橫，好比一個人戴上帽子；然後寫中間一直，下面兩點，好比一個人穿上衣服。」

誰料全場大笑，笑得我更窘，我立刻發覺又錯了，沒有人先戴帽子後穿衣服，穿戴的順序恰恰相反。那年代，在年輕女子面前公然提到穿衣也有失莊重，那會使她們聯想：穿衣之前呢？……幸虧在她們眼前我還是小孩，童言無忌。她們不識字，她們的禮法觀念和羞惡之心卻因此更強烈。

只好放棄彌縫，急忙進行教學。下一個學生姓蕭，這個字結構複雜，連我自己也寫不好。她寫來寫去總是缺少一筆，急得一再掉淚。

這一天，太不順利了！

我跟她們漸漸熟識了，知道誰有孩子，誰沒有。誰是童養媳，誰有一個後母。她們能夠進識字班，全靠宗長老費盡唇舌。這也許是她們一生中僅有的機會，我時時提醒自己：「你要對得起她們。」

是的，我要對得起她們，一遍一遍教她把米字寫好，一遍又一遍教她把蕭字寫得很完整。

這天，我教她們讀新約，讀到「入口的不能汙穢人，出口的才汙穢人。」啪噠一聲，有個女孩拍桌子。我放下新約望她，她打死了一個蒼蠅，悄悄的送進嘴裡。

我大吃一驚，指著她叫道：「吐出來！吐出來！」她愕然，全班愕然，都對我的緊張失態覺得奇怪。我追問那個吞下蒼蠅的女孩：「為什麼？為什麼？」她不回答。我一直追問，我要對得起她。

木匠的妻子比較幹練，她走過來提示我：「老師，你不能問。」為什麼不能問？我有責任。

她笑了一笑，把細微的聲音送進我的耳朵：「她的大便不通，吃蒼蠅通便。」

「豈有此理！」這個理由使我難以接受。「為什麼不吃藥？」

「蒼蠅也是藥，有這個偏方。」

我的悲憫油然而生。她們竟不知道蒼蠅的每一條腿上都有那麼多病菌，她們竟用痢疾來治療便祕！她們不知道通便的藥很多，而且很便宜。這天晚上，我走了七里路，買回一包一包的藥丸。第二天，每人送給她們一包藥，告訴她們正確的衛生知識。

我以為這樣做可以對得起她們。我錯了，錯得很厲害。那時候我不知道善意不能由單方面輸出。你自以為是的善意並不算數。

宗長老陪著華樂德牧師來看識字班。華樂德是美國人，一生在山東佈道，說一口正確的山東話。在鄉人眼中，美國人的長相跟五彩畫片上的耶穌差不多，教友見了華牧師都肅然起敬，覺得他真正剛剛從神那兒來。他很高大，我們都得仰臉看他，他低頭彎腰走進教室，女孩子緊張得唇都白了。

米村長聞訊趕來，堅持要請華牧師吃飯，邀宗長老和我同席。他並且說，早就有意請客謝師。米村長紅潤豐碩，見了他，我才知道村長並不全是又瘦又乾的老頭兒。他草帽長衫，大方的與人握手，完全不像農人。當然，他也不像商人。他像村長，村長就是他的職業。華牧師本來無意在村中久留，可是宗長老告訴他，米村長為人最要面子。於是他欣然同意，我們也就順理成章做了陪客。

村長家收拾得很乾淨。大門用雙扇門板，油漆發亮，有鄉村少見的氣派。門內庭院剛剛才掃過，灑掃的痕跡增添了家庭的朝氣。客廳裡貼著美麗牌香菸的廣告畫，畫中人是一個拖著辮子的大姑娘，使我想到村長的女兒。八仙桌早已擺好，廚房傳來吱吱啦啦的煎炒聲，和木柴燃燒的焦灼氣味。有幾隻蒼蠅繞著華牧師飛，據說，外國人的毛細孔裡有牛奶的腥味，容易招引蒼蠅。華牧師稱讚房子好，稱讚中國人有人情味，對蒼蠅並不在意。村長本來會抽菸，香菸土菸全抽，他知道基督教反對抽菸，就事先把煙袋菸嘴菸灰缸全收起來，自己也洗手漱口，清除菸臭。他特地一五一十說出來，表示他接待貴客的誠意。華牧師笑了一笑，卻沒有再稱讚他。

第一個菜端上來，是個冷盤，菜上面蓋著一層紫菜，不，不是紫菜，是葡萄乾；也不是葡萄乾，是鄉下特有的一種菜葉，經過煎炸。主人舉起筷子說請，客人舉起筷子等主人第一個下箸。

村長的筷子插進菜盤，轟隆一聲，滿盤蒼蠅飛散，露出肉片來。我嚇呆了，看宗長老的臉色，宗長老看華牧師的臉色。華牧師閉上眼睛，懇切的說：「主啊，保佑我們！」睜開眼，夾起一片肉，勇敢的送給嘴裡。我也在內心暗暗禱告：「主啊，保佑我們！」戰戰兢兢伸出筷子。

席散，我暗自估算這一餐飯吞下多少細菌。事後，我問宗長老：「聽說美國人最講究衛生，華牧師怎麼吃得消？」宗長老說，「這也是為了主。如果華牧師不肯吃菜，村長全家恨死耶穌，我們再也沒有辦法救這一家的靈魂。」原來如此，難怪那天我好心好意把腸胃藥送給學生，學生的臉色都很勉強。看來我是錯了。——後來我才知道錯誤很大，比我現在想像到的更大。

把漫長的時間區分成一節課、一節課，就很容易度過，難怪教書的人不知老之將至。我的學生從不缺課，在書本之前，她們知道自己飢餓。站在這間茅屋裡，我覺得社會需要我，心靈充實，樂而忘倦。可是我自己犯下的錯誤奪走了我的快樂。

「她怎麼沒來上課？」我指著一個空位子問，那是村長的女兒，姓米的女孩。三、四個學生同時回答：她病了。「什麼病？」我又問，得到的卻是沉默。那時候我完全不知道男人不可向女人問病。以為沉默代表某種不幸，為人師表的責任感使我追根究柢。終於，一個年紀最長的小母親回答：「瀉肚子。」我立刻想起她家的蒼蠅。我想，這是進行衛生教育的機會。「得病的原因呢？」我不能不問。她直截了當的說出來：「老師每人送給我們一包藥，我們沒有吃，只有她吃下去。」原來如此！我急了：「好好的為什麼要吃藥？」全場又歸於默然。

下課後，我跟那個小母親單獨談話，她說姓米的女孩很傻。「很傻？什麼意思？」她說，這裡的人絕對不吃別人贈送的藥品，女人尤其不吃男人送的東西。我好心好意送藥給她們，她們當面不便拒絕，放學後都丟進路旁的河溝裡。只有她，姓米的女孩，祕密的藏起來。只有她，一丸一丸放在手心裡看，一丸一丸往嘴裡吞。我說：「那藥是治病用的，沒病的人吃藥做什麼？」小母親輕輕的歎了一口氣：「是啊，我說她傻嘛！」

我的學生病了，做老師的應該去看看她。一個盡責的老師應該關心他的學生。我要祝福她早日恢復健康，順便也告訴她不可隨便吃藥。這是我第一次有資格照顧別人，我要使別人說：「這是一個好老師，做他的學生真是幸運。」

我走進村長的家。一樣是兩扇油漆大門，一樣是擺了八仙桌子的客廳，不知怎麼，我覺得氣氛異樣。村長不在家，村長太太客氣的接待我，感謝我的好意，說她的女兒不好意思出來。對了，愛美的女孩都想掩飾病容，把我想說的話告訴她的母親也是一樣的。我說一句，村長太太答應一句，笑瞇瞇的看我。告辭出門，我滿身輕鬆，我完成了一次非常成功的訪問！

「小米」從此沒有來上課，她的座位一直空著。有人看見她在河邊洗衣，那麼，她已經恢復了健康。為什麼還不來上課呢？難道逃學嗎？這樣好的機會，遇見這樣好的老師，竟然逃學！怪不得有人說她傻，她的確太不聰明了。

每天上課時，我總要朝她的座位看一眼，希望看見她又來「拾字」。這一天，宗長老突然進來，要我馬上回家。我問什麼緣故，他說，我的父親母親拜託他將我緊急召回。「那麼，誰在這兒教課呢？」他說，不管，如果找不到人接替可以停辦。識字班是宗長老苦心籌畫的得意之作，如今寧可停辦，可見事態嚴重。我只能說：「好吧。」簡單明瞭，就像我答應前來教課時一樣。

一路上，宗長老完全改變了侃侃而談的習慣，閉緊嘴唇。我問他：「我在這裡幹得怎麼樣？」他說，很好！「既然很好，為什麼要半途而廢？」他說：「這是令堂大人的意思，她認為你年紀太小，不宜出來教書。」這話裡面有文章，我站在田塍上追問：

「我什麼地方做錯了？」

「你沒有錯，怎麼說也不能算錯。你到米家去看過他家姑娘？」

我去過，她生病的時候。

「你買藥送給她？」

那是我看見有人吃蒼蠅的時候。

「你喜歡她？」

我喜歡我的每一個學生。

「是否是有點特別喜歡她？」

不然，我後來不喜歡她了，她不用功，她逃學。

「你這話是真的嗎？」

當然是真的。魔鬼才說謊。

「走吧，現在弄清楚了。」

我們邊走邊談。他說，人人會錯了意，米家認為你特別喜歡他們女兒。米家也很喜歡你，託人到你家去做媒。家裡嚇了一跳，以為你在外面談戀愛，你是要到大後方去的，現在不能結婚。家中一面委婉應付媒人，一面要我趕快找你回家。宗長老的意思是，拒絕了這門親事，我當然不宜再教那個識字班，即使做媒成功，準新郎也得離開準新娘居住的地方。宗長老恢復了他的談興，巧言傾瀉而下，把每一個人都形容得光明善良，每一個環節都解釋得合情合理。儘管他長於體貼人意，我仍然像受了愚弄一樣不免悻悻。——誰愚弄了我呢？我自己！

我想，回到家裡夠我受的。不料誰也沒有跟我談論這一段兒，連宗長老從此也絕口不提，不過這個笑話一定傳遍親友之間，表姊來時，當面挖苦我，弄得我十分難堪。

她不肯聽我解釋，丟給我一個紙團兒，我拾起紙團兒，打開一看，一行端正的毛筆字：「人之患在好為人師」。筆畫輕柔，字跡秀巧，綽約間如見其人。我從來沒有注意到女人寫出來的字跟男人寫的字有這麼明顯的差別。我好像從來沒有聽見過這句話，從來不認識這幾個字，看了又看，忘記自己到底在看什麼。

神僕

回想起來，當年占領古城，自稱「大日本警備隊」隊長的那個少尉，倒也是個人才。他想突破孤立，跟地方人士增加聯繫。但是，大家躲著他，防著他，咒他罵他，誰跟他打交道，誰就被親戚朋友看不起。怎麼辦呢？他有辦法。

他的辦法是抓人。他抓升斗小民，來往商旅，青年學生，還有進城賣糧食買布匹藥品的莊稼漢。只要有一個人關進他的大牢，就會有一百個人著急。這一百個人裡面自然會有一個人出頭要求見他。

城裡有一個人，專門替那個少尉穿針引線，架起一條又一條交通管道。地方上給這個人取了一個綽號：老鼠。這個肥胖的中年人禿頭，短鬚，個子矮，走路的時候有些駝背。最奇怪的是他腳步極輕，來去無聲，在你不知不覺中突然出現，帶來陰險、卑鄙與骯髒。不錯，他是老鼠，一隻肥胖的老鼠，由內到外惹人討厭。但是，到了「萬一」的時候，你也許非常需要他，到處找他，把他當作一個救命的人。

秋盡冬來，宗長老說農閒的季節快要到了，一年一度的奮興佈道大會該籌備了。他在鄉下那座小小的臨時禮拜堂裡對我的母親說這些話的時候，我在母親身旁。宗長老還說，這一間禮拜堂太小了，容不下多少人。抗戰快點勝利吧，那時候，我們可以回到城裡去，在那座寬大的禮拜堂裡佈道。說完這幾句話，他忽然覺得有什麼地方不對，回頭一看，「老鼠」不知在什麼時候走進來，早已準備好了一副笑容掛在臉上，也早已準備好了他的寒暄客套：「快了，快勝利了，你們城裡的禮拜堂幾年沒有修理，恐怕要漏雨了。」

大家雖然討厭這個人，卻不得不「請坐，喝茶」。無事不登三寶殿，大家等他開口。果然，他有消息，他說，日本警備隊抓了一個外鄉人，認為他是重慶派來的間諜，可是那個外鄉人卻說自己是一個雲遊四方沒有會派的傳道人。這裡沒有誰知道他的底細。少尉說，如果這人是抗日分子，當然該殺，如果真是一個傳道人，當然該放。少尉希望本地教會的當家人進城，跟這個嫌疑犯仔細談談。少尉說，寺廟能夠用這種方法鑑別真和尚、假和尚，教會也應該能夠用同樣的方法鑑別真信徒和假信徒。

我們的目光集中在宗長老身上，他是教會中資望最高的人，他才有資格也有義務闖探虎穴。他感覺到挑戰的壓力，閉上眼睛，用「氣音」祈禱。

「如果教會置身事外呢？」他睜開眼睛問。

「少尉是一個讀過《聖經》的人，」老鼠說：「他知道，從前有一個國王，把先知丟進獅子坑裡，上帝封住了獅子的口，保住先知的命。他說，如果教會不敢出頭，他就把那個傳道人交給狼狗，看看上帝會不會封住狼狗的嘴。」

「我的上帝！一個人讀《聖經》，又不信《聖經》，這樣的人最可怕。」說完，宗長老又閉上眼睛。

在那個年代，有一種志願佈道的人，單人獨騎，遠走四方，隨時隨地即興傳播福音。《聖經》上說：先知在本鄉本土是不受尊敬的，你們要深入外邦。他們就這麼辦。《聖經》上說，你們口袋裡不要帶錢，也不要有兩雙鞋子。他們就這麼辦。《聖經》上說，人們不知道你從哪兒來，也不知道你往哪兒去，但是你留下了救恩。他們就這麼辦。

《聖經》上還說，他餓了，你們要給他吃；他渴了，你們要給他喝。你們接待他，等於接待了主。我們也都這麼辦。聽說這樣一個人蒙難了，我的母親有些激動。她說，教會應該出面救人。她以為，上帝特別看重這個教會，才把使命交給我們。同座的教友隨聲附和：「是的！是的！」如果我們畏縮不前，讓狼狗咬死那位弟兄，我們以後怎麼再站在講壇上證道？

上帝看見了我們的軟弱，將降下什麼樣的懲罰？「是的！是的！」

宗長老睜開眼睛，非常安靜，非常沉著，他說話的神態幾乎是自言自語：

「去，當然應該。問題是我平生不會出題目為難別人。我不知道怎樣考驗他、測驗他。上帝沒有給我這樣的才能。我剛才沒有向上帝要求別的，我只要求有人幫我出題目。」他淡淡的掃了我一眼。「像這位小兄弟，他看過《聖經》，他能從《聖經》裡找出很多難題來，連傳道多年經驗豐富的牧師都幾乎招架不住。假基督徒一定逃不過他這一關。可惜他的年紀還小，不能跟我一塊去。」

我一時摸不清楚他是捧我，還是貶我。

母親把脊梁骨一挺，問我：「你敢不敢去？」

我也把胸脯一挺，很爽快：「我敢去！」

「好，你跟宗長老一塊兒去！」

「好！」

當時，我簡直不知道自己在說什麼。我只看見別人驚疑的臉色和宗長老眼睛裡喜悅的光。好久，我清醒過來，弄清楚自己所作的承諾。我想，那一定是神的意思，神在我裡面說話。我道道地地做了神的工具。

出發之前，「老鼠」告訴我們進城的規矩：不要走得太快，也不能太慢。不要交頭接耳，不要跟熟人多談話，遇見陌生人也不要仔細看。宗長老塞給他一包錢，他的興致很高，一股腦兒告訴我們：見了日本人一定要鞠躬，而且要九十度的大鞠躬，這樣，他才不會懷疑你是學生或者大兵。見了翻譯官要送金子，翻譯官喜歡跟人家握手，利用握手的機會把金戒指按住他的手心，他最滿意。

這些規矩，看起來並不太難。宗長老拿起《聖經》，母親也把她手裡的袖珍《聖經》放在我的手裡。緊緊握住《聖經》，膽子大了一些。宗太太無名指上的金戒指脫下來，塞進長老的口袋裡，看見金光閃耀，我們的膽子更大了。一切照「老鼠」的指示做：從走進城門的那一刻起，時時檢點自己的舉動，同時又裝作漫不經心的樣子。一個人用這種心情回老家，實在酸楚。

走著走著，走過那手術檯一樣乾淨的廣場，走上那青石鋪成的階級，碉樓的影子劈頭壓下來，壓得我頭皮發麻。在階下看階上，衛兵的皮靴好高好長。到階上看衛兵，五短身材，除了長筒皮靴以外所餘無多，步槍加上刺刀，比人還高出半頭。東洋兵的個子那麼矮，卻喜歡用特別長的槍！我們鞠躬，屁股翹得好高。我忽然覺得好滑稽，這哪兒是鞠躬，這是把屁股翹起來給他看。而衛兵的表情是很喜歡，讓我們順利跨進高高的門限。

日本警備隊徵用了古城最大的一座住宅。大門裡面是一個院子，迎面有照壁擋住視線，牆下菊花盛開。每天早晨，三十多名日兵在這裡做早操。左右兩邊有邊門通往另一進院子，「老鼠」帶我們往右走，匆匆瞥見左邊門內的長廊，廊前的井字欄杆依然無恙。右面的院子也像門外的廣場那樣乾淨，一塵不染，寸草不生。右面的房子沒有窗戶，窗子全堵死了，留下一排通風的氣孔。舊日的門也沒有了，現在鑲著鐵版，鉚釘星羅棋布。這座教人停止呼吸的房子就是日本警備隊的大牢。

在程序上，我們先拜見了翻譯官——這次屁股翹得稍低一些。他是一個完全日本化了的中國人，他身上有日本帽子，日本鬍子，中國裁縫仿製的日本軍服，日本軍需倉庫剩餘的長筒皮靴，日本大兵的皮帶和日本軍官的手套。還有，日本態度，日本目光，日本姿勢。一張口，吐出來清脆的京片子，倒把我嚇了一跳。「老鼠」居間介紹之後，他跟宗長老開始那馳名遠近的握手，很緊，也很久。然後，他把手縮回去，插進褲袋裡。他一定在褲袋裡玩弄他得到的東西。他的臉色緩和下來，看樣子，他對那東西還算滿意。

翻譯官帶著我們去找鑰匙。他親手投開門鎖，退後幾步，「老鼠」連忙上前推門。那扇鐵門好重，「老鼠」使出全力，宗長老也捲起袖子參加。一陣摩擦撞擊的響聲。這一間很大的房子，裡面沒有隔間，四壁一覽無餘。牆上，高高低低，掛著鐵環，犯人鎖在鐵環上，貼牆站立，囚犯雖然不少，屋子裡依然空蕩蕩的。有些囚犯不但被上面的鐵環鎖住了手，還被下面的鐵環鎖住了腿。

這就是令人戰慄的日本大牢。有一個傳教士跟教外人士辯論究竟有沒有地獄，他朝古城的方向指著說：「當然有地獄，日本大牢就是人間地獄。」一囚犯掛在牆上，負責審訊的人在中間空地上走動，他的部下推著一個活動的工作架緊緊跟隨，架上有種種奇怪的刑具：特製的皮鞭，能揭下人的表皮。特製的鉗，可以拔掉人的指甲。特製的夾子，可以夾破人的睪丸。他願意用哪件刑具就用哪一件，願意逼問誰就加在誰的身上。所到之處，鬼哭神嚎。

有人受不了這樣的酷刑，掛在牆上斷了氣。有人看見別人天天熬刑，不等刑罰加在自己身上先嚇死了。我們是少尉隊長邀請的客人，我們手裡有《聖經》，翻譯官口袋裡有我們的金子。但是我覺得一股寒氣從腳踝上升，侵入脊椎。看那些肌肉扭曲成奇形怪狀的人，我的四肢跟著痠痛。這地方本來應該很髒，可是日本兵把它沖洗得乾乾淨淨。他們以愛好清潔聞名世界，他們卻沖不掉牆上的血跡，沖不死在囚犯腿縫裡出出進進的老鼠，真正的老鼠，滾動著寒星一樣的眼珠。這是一個沒有人間煙火的地方，這兒的老鼠吃什麼呢？——一念閃過我立刻發抖，從腿抖起。

一個魁梧的漢子，掛在較高的環上，他是我們要找的人。怪不得敵人懷疑他，他在體型上吃了虧。不知是巧合還是有意，敵人把他的兩手鎖在兩個環上，左右分開，胸膛敞露，正是釘在十字架上的姿勢。他的衣服破了，露出胸部和腿部的肌肉。他的臉腫了，眼睛擠成一條縫，只能垂著眼皮看人。我立刻聯想到教堂裡高高在上的苦像。我在地獄裡看見代死的英雄。我從來沒有像此時這樣需要上帝，相信上帝。主啊，主啊，這個名字給我支持的力量。主啊，主啊，我覺得這種呼喊比黃金，比印刷的《聖經》，更能控制我的心跳。

咕咚一聲，走在前面的宗長老跪下。

我早已發軟的膝蓋跟著落了地。

「主啊，感謝讚美你，這一切，你都看見了！」

宗長老禱告。牆上的大漢低低的響應：

「阿門！」

「主啊，我們相信一切都是你的旨意。死亡在你，復活也在你。恩賜在你，權柄也在你。」

我跟那大漢同時說：

「阿門！」

立刻，我不再懼怕了。我們有三個人，三個聲音交響，三顆心合為一體，不再孤獨。《聖經》上說，只要有三個人同心合意的祈禱，主必在他們中間。那天，那時，我完完全全相信這句話，我覺得，我們三個人中間的方寸之地，就是一座聖潔的殿堂。

「主啊，我知道你要試煉我們。（阿門！）感謝你與我們同在。（阿門！）感謝你在我們中間。（阿門！）感謝你用火燒我們、用鐵鎚打我們、鍛鍊我們、成全我們。（阿門！阿門！）……」

雖然受過許多折磨，那鎖著的人還是能夠發出清朗堅定的聲音，而且拖著充滿了情感的尾音，餘韻悠長。這簡直是奇蹟。

宗長老舉起雙臂，仰臉向上，用帶著顫抖的吶喊對上帝祈求：

「可是主啊，田裡的莊稼熟了，收割的時候到了。（阿門！）播種在你，收割也在你，讓你的工人下來吧！（阿門！）派遣你的工人去做工吧！（阿門！）求你讓我們脫離試煉，感謝主讚美主哈利路亞！（哈利路亞！）求你放下你的工人，感謝主讚美主哈利路亞！（哈利路亞！）……」

他用同樣的話向上帝反覆央告，他的聲音愈來愈激昂，在吶喊之中加入了哭泣的成分。

我們的精神同樣亢奮，用同樣的哀音緊緊追隨。在這種狂熱的祈禱裡，我到達一個忘我的境界，此身飄浮，飄浮，無目的無止境的飄浮著。……

然後，他的情緒從最高點下降，聲音逐漸降低，放下手臂，垂下頭來，用近似喃喃自語的祝謝來收束。

回到現實世界，我和宗長老都出了一身熱汗。

我的使命本來是要刁難這人，刺激這人，戲弄這人，分析他到底有多少基督徒的成分。我們以為可以在一間清靜的屋子裡對面端坐，質疑問難。我事先準備了許多刁鑽古怪的題目。我要問他：天地萬有都是上帝創造的，上帝為什麼要創造魔鬼？我要問他：神是看不見、摸不著的，你如何證明有神？我要問他：聖父、聖子、聖靈既是三位，又如何一體？《聖經》教我們盡心、盡性、盡力、盡意敬愛上帝，這「心、性、力、意」有何區別？在天堂上，所有的靈魂都是上帝的兒女，都是兄弟姊妹，那麼，我是否要跟我的父親叫哥哥？這些問題，一個冒牌的傳道人絕對答不出來。除此之外，我還準備了一個下流、刻薄的題目，我想問他，馬利亞以童女的身分從聖靈懷孕，那麼，上帝也有性欲？我希望這個題目一出口，看見他從椅子上跳起來。……結果，這些題目都用不上。我把它們忘記了，拋到九霄雲外。也幸虧如此！我的動機是如此邪惡，我如果記得自己的罪，真要在人間地獄裡活活嚇死。……

少尉在他的辦公室裡接見我們。「老鼠」又叮囑一句：「不要東張西望。」我們在辦公室外停步，等翻譯官的召喚。他目送我們走進去，自己悄悄溜開。

我警告自己：不要東張西望。我一眼看見牆上掛著一幅行草，就盯住不放。上面寫的是「細草微風岸，危檣獨夜舟……」很雅。我不敢看少尉，眼睛的餘光恍惚看見他整潔的袖口和白皙的手。他似乎很客氣，因為翻譯官說：「太君要你們坐下。」我想，這一場艱苦的應對由宗長老去進行，我還是少開口為妙。我專心看牆上的字：「星垂平野闊」，寫得豪放，有幾分黃山谷。下款是日本人的名字，日本人也能寫這麼好的毛筆字，怪不得說是同文同種。我感到文化的親和力。可是，我的目光向右移了一尺，那裡赫然掛著少尉佩用的長刀。不見刀身，單看那被手掌磨潤了的刀柄，我的神經又緊張起來，不想再去看什麼「月湧大江流」。

我的目光落在翻譯官身上，他正在努力把日本話變成中國話，又把中國話變成日本話。少尉說話時，他恭恭敬敬站著聽。等少尉的話告一段落，還加上一聲「哈衣」。「哈衣」好像是一句咒語，把一個彬彬有禮的人變成狂妄傲慢，他用叱責小孩子的語氣和神情，把少尉的話譯給我們聽。少尉首先問，那個嫌疑犯到底是不是一個真正的傳道人？宗長老肯定的說，他是。「怎麼知道他是？」宗長老一本正經的答覆：「我禱告的時候，上帝跟我交通。他給我啟示。」

「這種說法太玄了，你得給我一個實實在在的答案。」少尉好像不高興。

宗長老急忙分辯：「不玄，一點也不玄，我說的是老實話。我們傳道人跟傳道人見了面，第一件事是互相替對方禱告。只要聽聽他的禱告，只要聽他說一句阿門，說一句哈利路亞，我們就知道他裡面有沒有神、有沒有生命，誰也騙不了誰。」

聽翻譯官和善的語氣，少尉是滿意了。他說，「太君」決定放人，由宗長老具保。保結書已事先準備好，上面大部分是勾勾點點的日本字，看不懂什麼意思。「蓋指紋吧，」翻譯官說。事出意外，宗長老口裡連連稱是，左手右手卻不肯伸出來。

自己也知道賴不掉，只好用指尖蘸一蘸油墨，輕輕點上。翻譯官趁勢捏住他的指頭，重重的按在油墨裡，打了一個滾兒。大半個手指全黑了。再到保結書上打一個滾兒，好像手指頭剝下皮來，貼在紙上。宗長老抽回手指一臉懊喪。那年代，我們都相信蓋過指模的人一定要倒楣。

談話繼續進行。少尉的口吻還是那麼急躁，在我聽來，日本話永遠是急躁、不耐煩。可是翻譯官忠實的反映少尉的態度，他和和氣氣。他說，皇軍對教會有好感，一定保障信仰宗教的自由。皇軍認為，教會應該結束流亡，重回原址，並且勸導本來住在城裡的信徒重整故園，安居樂業。這一番話說得和顏悅色，入情入理。

緊接著話鋒陡轉，如急雨打落秋葉，他說，如果教會不肯合作，皇軍就有理由相信，教會是一個有組織的抗日機關。教會將永遠不能回到古城，即使躲在鄉下，也有一天無法立足。

不但少尉是個人才，翻譯官也是，他連主子的人格、氣質、心態，一併傳達過來。少尉的表演有段落層次，有緩急擒縱，翻譯官依樣拷貝，絲絲入扣。……後來，我聽說人類在研究翻譯機，馬上想起這位翻譯官來。人類要到什麼時候才造得出這樣靈敏可愛的機器？

宗長老借來一輛牛車，載著那遍體鱗傷的漢子下鄉。漢子躺在車上用一頂斗笠蓋著臉。牛車搖搖擺擺顛顛簸簸往前走，走得好慢好慢。每聽得車輪跳一下，我們的心就絞一下，惟恐那漢子的傷口疼痛難消。

大街小巷鑽出來許多人問長問短。「斷氣了沒有？」竟有說這種話的好心人。我們輕描淡寫答理幾句，低頭趕路。

出了城，這才放下心裡的吊桶。日正中天，暖意洋洋，若不看遠山近樹褪盡了青綠，實在不覺得這是深秋。宗長老長吁一口氣：「感謝主！」

不知在這條路上往返過多少次，今天坐牛車，才覺得它好長好長。在車上搖呀晃的，不覺打起盹兒來。

車停了，反而驚醒。睜開眼，驀然看見母親，吃驚不小，母親怎麼也來了！

我的四周有許多人，都是經常來參加禮拜的親戚朋友。原來我們已經回到教會了。真是謝天謝地！

大漢還躺在車上，幾個男教友商量怎樣抬他下車。他挺身坐起，斗笠掉在地上。看樣子他還撐得住。

「謝謝各位！」他說，音量不弱。「哪位弟兄原車送我一程，我要馬上離開這裡。」

「那怎麼成！」宗長老叫起來。「先把傷養好了再說。別看這個教會小，也是神的家。你住在神的家裡，神不會讓你有缺欠。」

「我不是這個意思。」

「有什麼意見，下車再說。」

幾個人擁過來攙他。進了屋子，大家觀察他的傷勢。有人主張先燒一鍋開水讓他洗澡。有人主張在洗澡水裡放什麼藥材。有人說家有祖傳的傷藥，可以拿來塗在他的臉上。

有一個男人吆喝著教他的妻子回家抓雞，用清燉雞湯給這個漢子補一補。

人多口雜，莫衷一是。宗太太哎呀了一聲，打斷了眾人的紛紛議論。她指著那人的手。

他最重的傷在手上。在大牢裡，那些人朝他的指甲縫裡扎針，一天刺一根指頭。他的十個指頭腫成一塊肉餅。

望著他的手，誰也拿不出主張來。

「先吃飯，後求醫。」宗長老作了結論。「我們把一切交給主。」

一提吃飯，教友們覺得該好好招待這個不平凡的客人，東家到菜園去挖白菜蘿蔔，西家到地窖裡提一籃地瓜……老母雞望著菜刀撲翅膀，豆油在熱鍋裡吱吱的叫。一陣熱騰騰香噴噴的氣味，地瓜煮熟了。

菜端上桌子，人圍著坐下。客人的手不能拿筷子，眾人公推我坐在他旁邊，把菜飯送進他的嘴裡。他老實不客氣大嚼起來。看他的吃相，他的健康還很好。

宗長老呢，他說「我最喜歡吃地瓜」，伸手抓起一個。宗太太提醒他：「別噎著啊！」

「笑話！我又不是三歲孩子！」他抗議。

那漢子又說：「吃完了這頓飯，我就上路。」

宗長老不等口中的地瓜下嚥，含糊不清的阻止。「牛車已經回城裡去了。好兄弟，聽我勸，在這裡養傷，傷好了，大概我們也該舉行奮興佈道大會了，你擔任一天的講員。」他喝一口湯，清清喉嚨。「我想過了，教會在外面長年寄人籬下也不是辦法。乾脆回到城裡去吧，佈道大會就在城裡舉行。——你看怎麼樣？」

他又咬了一大口地瓜。

大漢向我搖手，表示他吃飽了。「宗先生，我非走不可，你只要派車送我一天的路程，我就有辦法。我在這裡會連累你。不瞞你說，我不是傳道的，我是抗戰的。我到貴地來，是替國軍蒐集情報。」

我一聽，傻了。宗長老的氣管裡古怪的響了一聲，頭往前伸，目瞪口呆。宗太太急忙走過去捶他的背，一面捶，一面說：

「別急，別急，慢慢的喝一口湯。你看你，不是又噎住了？簡直不如三歲的孩子！」

在離愁之前

經過一再設法測探，我遠走大後方的計畫有了實行的可能。我又是興奮，又是恐懼，又是懷疑，又是快樂。初次跳傘的人站在機艙門口望腳下萬畝千畝，也不過是這種滋味。

我心中塞滿了問題要問，塞滿了話要說。如果我要找一個傾吐的對象，那人當然是唐老師。唐先生是一位中醫，這裡的男女老幼都跟他叫老師，其實他沒教過誰，在學校裡教書的是唐太太。唐太太肥胖和藹，是一位充滿母性的教師，唐先生則是一位瀟灑的男士，他的頭顱特大，兩頰瘦削，骨相與眾不同。他是這一帶鄉村裡天天讀報的人，是在大城市裡見過電燈火車的人，是一個把「日本」譯成「腳盆」的人。他從異鄉來，在異鄉落戶，結交縉紳，關心民瘼，是一個廣結善緣的人。我每次見到他，總能得到一些益處。

我夜晚去看他，躲開他診病賣藥的時間。他在明亮的燭光下寫字。他也是這一帶唯一在寫字時點燭照明的人。寫字是他的嗜好，除了看病，整天臨池揮毫，沒有人打擾時寫小楷，來了普通的客人就改寫行書，一面寫字一面跟來人談話，客人一面談話一面欣賞他的書法。

除了特別重要的賓客，他不離座迎送。我就是常來他家的一個普通的小客人。

唐先生在一大張宣紙上寫小字，密密麻麻的全是「愛」字，唐太太站在旁邊牽紙，兩人都全神貫注。我彷彿聽說這一對夫婦是為了爭取婚姻自由離家出走，成為我們這一帶地方的上賓。他們為愛情而犧牲故鄉。這一帶的人尊敬他，並不了解他，那時候，人們總認為了解異鄉人很難，總覺得異鄉人都有複雜的背景和含混的動機。有些人難免要說，唐先生是一位好醫生，可是這樣好的人為什麼不留在老家？唐先生不理會外人心裡怎樣想，他天天寫他的王羲之，他的書法和他的醫道同樣知名。

我站在旁邊看字，寫這麼多的「愛」字一定要費十天半月的工夫。這些小字排列的方式奇特。不久，我發現了唐先生的企圖，他要用許多很小的「愛」字組成一個很大的「愛」字。我想，這件作品一定是為了唐太太而創製的，他們用這樣一件密針細鏤的工藝來表示珍惜他們的愛情，他們為愛情曾經付出重大的代價。

當時，一根白燭，照著這樣寧靜這樣和諧的畫面，把我的鼓譟翻騰的心燙平了。我羨慕他們能在憂患重重的時代挑最輕的擔子。這念頭在腦子裡閃了一下，就熄滅了，我是一個整裝待發的探險隊員，來探望剛剛退休的探險家。這探險家正在用小刀雕刻山水，玲瓏剔透，把他的實際經驗濃縮得很袖珍。

在我看夠了書法、希望他停筆的時候，他果然把筆放下了。他伸了一個懶腰，空氣立刻活潑起來。唐太太對我說：「你來了正好，唐老師正在想你！」她把那個未完成的斗大的「愛」字掛起來。

她點上油燈，收起蠟燭。

「我正在等你來。」唐先生說。他知道我的計畫。

我說：「老師，我要走了！」不由自主，聲音裡有些感傷。

唐先生和唐太太的反應卻是興高采烈。他倆說，國難當頭，年輕人當然不能躲在家裡歎氣。「不要恐慌，我知道離鄉背井是什麼滋味。你是在大霧中行路，看見前面的路只有五尺，不敢邁進。其實儘管往前走，走完了五尺，前面還有五尺，……前面還有五尺。不要讓霧騙了你、嚇著你。」

「老師，我常常聽見人家說成器。到底什麼是成器呢？」這是壓在我心上的一塊石頭。

「成器就是有用，對別人有用，對社會有用。人在外鄉，成器尤其重要。你必須對別人有用。你在本鄉本土可以做無用的人，到外鄉就行不通。」

「有這麼大的差別！我這次到很遠很遠的地方去，做一個異鄉人，好像很難！」

「倒也簡單：你到那個地方，要愛那個地方。像我，我離開老家，來到這裡，我就全心全意愛這裡。記住，你住在那裡，一定要愛那裡的風土人情，尊重那裡的生活習慣。如果那裡的菜不好吃，你也要愛吃，因為那裡的人都吃。如果那裡的水不好喝，你也要喝，因為那裡的人都喝。你要去的地方是——？」

「皖北。」

「好。住在皖北的人跟『牛』叫『歐』，跟『客人』叫『契』，他們說『天黑了』，你聽見的是天『歇』了。『天歇了，來了一個契，牽著一條歐』，好笑嗎？不，可愛！你要從心裡覺得那地方可愛，你才會有成就。」

「如果我不喜歡那地方，怎麼能愛它？」我問。

「既然你不喜歡那地方，為什麼要去呢？」他反問。

他打開抽屜找東西。唐太太知道他要找什麼，就從書架上替他取下一疊紅紙。他向太太會心一笑。這一對夫妻經常保持高度的默契。不管唐先生的話題有多遠，不管坐在一旁的唐太太多沉靜，你一眼看得出來兩人融和無間。

唐先生從一疊紅紙中抽出一張來，一面研究紙上的記載，一面說：

「我替你算過命，這是你的八字。你命中不守祖業，注定漂流。你走得愈遠愈好。你聽見漂流不要害怕，我就是一個漂流的人。到外面創業比牢守家園更好。只是有一點，住在自己家裡，你可以不愛你的家，無論如何家一定愛你。一旦身在異鄉，你就必須去愛別人，然後，你才有希望得到別人的認許。你是基督教徒，我不是，可是我也許比教徒更了解耶穌。耶穌為什麼要強調愛的重要？他為什麼主張愛人如己，甚至主張愛仇敵？因為他事先料到他會死，他死後，門徒要離開猶太，到外面去託命寄身。只有愛，只有無限的愛，基督教才會生根長大。如果不能達到這個境界，基督教恐怕在耶穌身後就灰飛煙滅了。」

說到這裡，他想起一個故事，一個關於恨的故事。

有一個人，心裡積藏著許多仇恨。他常常希望他恨的人橫死。

他悄悄的買了一把手槍。有了槍，就更容易恨人，也恨得更有力量。他常常關起門來撫摩那枝槍，暗中計畫殺人，殺那些可恨的人。

殺人是要償命的。恨極了，倒也不怕同歸於盡。可是他恨很多人，沒有辦法把那些人一次殺光。究竟其中哪一個最可恨、最該殺呢？很難決定。他只好撫摩著手槍，暗暗盤算，暗暗的恨，幻想殺死這個或殺死那個。

他恨的對象愈來愈多，報復的對象愈來愈難選擇，人生，對於他也愈來愈乏味。有一天，他愈想愈恨，忍無可忍，就下最大的決心開了一槍。

這一槍對準自己的太陽穴。他自殺了。

這個故事，聽得我毛骨悚然。

「我有嫉惡如仇的毛病。」我著急了。

「這個，從八字上也看得出來。嫉惡如仇似乎很好，但是你要當心，嫉惡如仇、可以，激惡成仇、不可以。」

「那怎麼辦？」

「要做到，一半靠命運，一半靠修養。我天天在這裡寫字，就是修養自己的心性。王羲之最能祛除我的雜念，所以我寫〈蘭亭〉。」

談到字，他和唐太太的目光同時移到牆上。唐太太起身，再點一支蠟燭，放在近牆的書架上，照亮那張宣紙。「你猜，我為什麼要寫這一張字？」

我說，大概是為了唐先生和唐太太的結婚紀念日。唐太太聽了，噗嗤一笑。唐先生連連擺手。「你猜錯了。你們都猜錯了。有人說我寫好了送給教會。有人說我寫了賣給外國人。有人說我寫了送給新婚的朋友。這些都不對。一個人行為的動機，很難為另一個人所了解。尤其是異鄉人。我寫這些字是為了磨練自己，鼓舞自己。我很想用這張好紙寫一個很大的愛字。我一向寫小楷，字也太秀氣，寫不出氣派來。我用一個一個小字組成一個大字。我提醒自己：我們的愛心也許無限，愛人的力量畢竟有限。我們不是大聖大賢，不能博施濟眾。但是我們可以一點一滴付出愛來。點滴雖小，積小可以成大。這已經夠我們忙的了，哪還有精力去嫉恨呢？」

這天晚上，我得到終身實行不完的教訓，好像承包了一樁永遠施工的大工程。我的心好沉重好沉重。

我說，我該走了。

唐老師打開門，看見門外很黑，黑得能把燭光擋回門內。他回身取出手電筒，送我出門。

我說，學生怎麼可以勞動老師？

他說，老師不該送學生、誰該送？

他也是在鄉間唯一使用手電筒的人。他的手電筒裝用三節電池，光束的射程很遠，穿透黑暗抽打大地。

他帶著我來到一棵樹下，樹身比兩臂合圍還粗。手電筒的光束從一團黑暗中切割它，它龐大的形象儼然用黑暗雕成。他說：「這棵樹是風景，也是財產，砍倒了劈成木柴也值很多錢。可是這是一棵無主的樹，大家把當初栽樹的人忘了，栽樹的人也把這棵樹忘了。你看，這裡那裡，都有這種無主的大樹。這些樹是前人留給我們的愛心。」

黑暗像無孔不入的細沙一樣堵塞一切，隔斷一切，我和唐老師靠這唯一的亮光連在一起，有了相依為命的感覺。這天晚上，他說的每一句話，他每一聲呼吸，我都永遠記得。我們離開那棵樹，還在繼續談那棵樹，由樹談到一個郵差，唐老師家鄉的郵差。

「……那人每天送信，有時候為了一封信要走幾十里路。他從不覺得辛苦。他的郵袋裡除了信，還有一包花種，他隨時隨地捏一小撮種子撒下去，撒在小溪旁邊，或者撒在收信人的院子裡。他到過的地方都會長出花來。春天有春天的花，秋天有秋天的花。如果種子沒有長出來，他下次再撒。……」

路是坎坷不平，我又捨不得離開唐老師，只好任憑他再送遠一點。唐老師談話的興致很濃，他在一片荒草旁邊停步，揮動光束，像操縱一個銀色的滾筒，在野草上滾來滾去。他說：「我看中了這塊地。我想把這塊地買下來，先種莊稼，將來蓋唐家的祠堂。這個祠堂奠基的時候，第一塊石頭是從老家的祠堂裡拆下來的，我親自去拆，親自搬上汽車。我也要從老家帶一部家譜來，把這裡出生的人添上去。祖宗留給我們的不過如此！我們卻要留給後代很多很多！留給他們榜樣、理想、活下去的條件和活下去的毅力。將來，五百年後，我要路上行人指著這座祠堂，稱讚姓唐的人家。他們會說，這一帶村莊的運氣真好！姓唐的選來選去，選中了這個地方落戶。……」

這條路怎麼這樣短，我抬頭看見臥房窗子上微黃的燈火。各家的燈都熄了。只有母親留燈等我回家。

我們站住。我對唐老師深深的鞠了一個躬。

「記住，到了後方多寫信。」

說完，唐老師手裡的光柱掉轉方向。我沒有敲門，望著那道光遠去，成為一把舞動的劍……一顆閃爍的星……直到隱沒。

我一直回味唐老師的話，忘了敲門。兩手朝空空的口袋摸索，暗暗盤算裡面能裝多少花種。

【附錄】評王鼎鈞的散文

樓肇明

余光中和王鼎鈞，他們兩人是今日台灣散文文壇上的雙子星座，也是「五四」以後，站立在現代散文發展第二級台階上的最重要的兩位作家，余、王二人均屬創造了散文陽剛之美的作家。倘若我們能平心靜氣地如同審視古典散文的傳統那樣，來審視現代散文的傳統，那麼，現代散文作家中究竟有幾位能像莊子、韓愈、蘇東坡那樣，擁有泰山日出、雷霆萬鈞的陽剛氣象的？台灣散文原本承襲了周作人氏一派，周氏又承襲晚明小品遺風，畢竟有一種衰敗傾頹、夕陽歸鴉的氣象。是故，王鼎鈞和余光中在台灣散文文壇崛起，且不論其思想傾向上還有哪些毛病，他們兩人那汪洋恣肆、突兀崢嶸的想像力和排山倒海、閱兵方陣般駕馭文字的能力，將散文陽剛之美推進到了一個新的階段，是沒有理由加以拒絕的。就筆者個人的喜好來說，我更傾心王鼎鈞。余王二人，藝術風格和心理氣質上存在差異，余為雄健豪放，王則沉鬱頓挫；余將更多的注意力投注在情感內涵及表達方式上，王則更為關注民族審美心理、文體體式之變異，及散文容量空間的拓展上，但他們兩人可謂珠聯璧合，共同為完成對「五四」現代散文傳統的革新，奠定了堅實穩固的基石。

粗略地講，王鼎鈞在散文審美變革中的貢獻有三：其一，王鼎鈞與陳之藩一樣，一開始就針對人自身的千古之謎：人是什麼？人從哪兒來？欲往何處去？作為自己關注表現的核心。對人的研究，特別是從審美角度，把人放在歷史風雲激盪的漩渦裡加以表現，可謂是王鼎鈞貫串自己一生全部創作的主線，他緊緊抓住人的兩大系統：生物層次和社會層次的交匯滲透，人作為靈與肉，精神與欲望的雙重矛盾統一體，兩者之間是互為依存、互為制約的。他從中剝離並有聲有色地描繪了美與醜、悲與喜錯綜複雜的圖畫。在他的筆下，我們可以看到人的「欲望」的雙重性：它一方面是發展社會物質文明的驅動力，另一方面，「欲壑難填」又造成無可估量的破壞；它既是人性的一部分，又是導致人性墮落的罪因。像王鼎鈞這樣研究人的欲望在社會過程中的美醜功罪、在道德領域中的真假善惡諸形態的作家，也許並不是罕見的，但由這一研究出發，避免任何一種政治或道德的說教，避免任何簡單結論，在現代中國的作家中則大致說是並不多見。在王鼎鈞筆下，我們看不到民族文化思維中那種價值邏輯判斷的習慣。同樣是寫青紗帳，是很有可能將男女野合的浪漫史，錯當成阿波羅或維納斯的故事。把生命中最粗糙的本能，錯位為米開朗基羅的大衛雕像一樣來加以讚美。即使這種謳歌的理由冠冕堂皇，是為了拯救現代人靈魂的病弱，或者，提出光明和正義還能與醜惡為鄰的責問，豈非唱反調反到另一個極端去了。王鼎鈞自己說過「文學是文化中的一種平衡。歷史寫大人物，文學寫小人物。宣傳偏重光明面，文學要顧到表現陰暗面，我覺得這是一種平衡。作家效法自然，而自然就是平衡的。」（見《左心房漩渦》）

其二，從美感思維的形態上看，王鼎鈞對我們民族「樂感文化」的傳統持一種自覺批判的態度，他有意識的用自己的筆，針對民族思維習慣，觸動「天人之際」、「中和之美」這一備受稱頌的審美心理積澱。他筆下的人物、事件乃至於個我的情愫抒發，幾乎無一不具有一種拂逆傳統欣賞心理的悲劇美，無一不帶有雙重苦難的性質（時代苦難和承襲傳統文化心理墮力而帶來的苦難）。美不是苦悶和因襲的重擔，而是在這種重壓下被扭曲卻不能被摧毀、被泯滅的人性。他筆下的悲劇，總是與懲罰和毀滅的主題、美醜為鄰的主題相綰結。但這種懲罰毀滅的主宰者不是西方文學裡至高無上的神，他也不曾從邪惡和廢墟中發掘令人戰顫的美。王鼎鈞說：由於「時代把我折疊了很久，我掙扎著打開」，因此他要從歷史「水成岩的皺摺裡想見千百年的驚濤拍岸」，就「用異鄉的眼，故鄉的心」來審視和表現一切。「用異鄉的眼」，來審視「故鄉的心」，對於作為「故鄉的心」的民族文化性格，對於中國現代散文「內文本」的遷徙、變異，無疑是至關重要的一步。

其三，王鼎鈞是文體大師，舉凡散文這一包孕極廣的體裁的各類體式，散文、小品、敘事散文、抒情散文、散文詩，他無一不能，都有開創性的建樹。台灣評論多稱道他的國學根底之深厚，和對於現代西方文學琢磨之用心，結構與文調上的大開大闔，快速、銳利、錯落，時而空靈，時而平實，時而拙樸古雅，時而詼諧俚俗，融悲愴和幽默、繁華與枯淡為一爐。鄭明娳和林燿德說：「王鼎鈞的經驗模式形成了他的文體，我們發現他是當代散文中最能巧用隱喻、精於意象，並能夠以最乾淨俐落的結構手法完成感性寓言的一位。」這可以說是從「樂思」出發，在「樂章」和「樂器」相統一的層次上，揭示了王鼎鈞的文體特徵。

具體說來，他將小說中的人物情節結構引進敘事散文中來；用音樂家譜寫「交響樂」和「四重奏」結構樂章的辦法組織長篇抒情散文；為了擴大散文以小見大的容量，他將一般寓意象徵、改造和擴大成世界本體的象徵，換句話說，他筆下的意象和象徵，每每有一種哲學上本體論的味道。在想像的方式上，他還是拉美魔幻現實主義輸入以前，就不時採用超現實主義手法的一位散文作家，他的抒情中常常錯雜進奇警的幻覺和錯覺，他的寓言體小品中，局部和細部是寫意的，整體和全局上又每每是寫實的。這種寫意和寫實的交融，是他開發了潛意識深度世界奇幻寶藏的一大收穫。

本文原在《爾雅人》發表，經作者同意轉載

INK PUBLISHING
文學叢書 597

碎琉璃

作　　者　王鼎鈞
總 編 輯　初安民
責任編輯　林家鵬
美術編輯　陳淑美
校　　對　王鼎鈞　吳美滿　林家鵬

發 行 人　張書銘
出　　版　INK 印刻文學生活雜誌出版股份有限公司
新北市中和區建一路249號8樓
電話：02-22281626
傳真：02-22281598
e-mail:ink.book@msa.hinet.net
網　　址　舒讀網 http://www.sudu.cc

法律顧問　巨鼎博達法律事務所
施竣中律師
總 代 理　成陽出版股份有限公司
電話：03-3589000（代表號）
傳真：03-3556521
郵政劃撥　19785090 印刻文學生活雜誌出版股份有限公司
印　　刷　海王印刷事業股份有限公司

港澳總經銷　泛華發行代理有限公司
地　　址　香港新界將軍澳工業邨駿昌街7號2樓
電　　話　852-2798-2220
傳　　真　852-2796-5471
網　　址　www.gccd.com.hk

出版日期　2019年 6月　初版
2023年 2月14日 初版二刷
ISBN　978-986-387-287-0

定價　280元

國家圖書館出版品預行編目(CIP)資料

碎琉璃／王鼎鈞 著. --初版.
--新北市中和區：INK印刻文學, 2019. 06
面； 14.8 × 21公分. --（文學叢書；597）
ISBN 978-986-387-287-0 (平裝)

855　　108004795

舒讀網